O SUL

Outra obra do autor publicada pela Editora Record
História da noite

COLM TÓIBÍN

O SUL

Tradução de
ANA LUIZA BORGES

EDITORA RECORD
RIO DE JANEIRO • SÃO PAULO
2000

CIP-Brasil. Catalogação-na-fonte
Sindicato Nacional dos Editores de Livros, RJ.

T576s   Tóibín, Colm, 1955-
        O Sul / Colm Tóibín; tradução de Ana Luiza
        Borges – Rio de Janeiro: Record, 2000.

        Tradução de: The South
        ISBN 85-01-05605-7

        1. Romance irlandês. I. Borges, Ana Luiza. II.
        Título.

00-0167   CDD – 868.99153
                        CDU – 820(416)-3

Título original irlandês
THE SOUTH

Copyright © 1990 by Colm Tóibín

Todos os direitos reservados. Proibida a reprodução, no todo
ou em parte, através de quaisquer meios.

Direitos exclusivos de publicação em língua portuguesa para o Brasil
adquiridos pela
DISTRIBUIDORA RECORD DE SERVIÇOS DE IMPRENSA S.A.
Rua Argentina 171 – Rio de Janeiro, RJ – 20921-380 – Tel.: 585-2000
que se reserva a propriedade literária desta tradução

Impresso no Brasil

ISBN 85-01-05605-7

PEDIDOS PELO REEMBOLSO POSTAL
Caixa Postal 23.052
Rio de Janeiro, RJ – 20922-970

EDITORA AFILIADA

Para

CATRIONA CROWE

Parte um

Katherine Proctor

24 de outubro de 1950, Barcelona

A NOITE CAI E UM ZUMBIDO CHEGA da rua. Estou aqui há várias semanas. Fico feliz por a mulher gorda que administra este hotel e o cordeirinho do seu marido não falarem inglês. Permaneço um mistério para eles; não podem me entender. O homem no quarto ao lado — até onde consigo entender uma palavra do que diz — vai à ópera toda noite e escuta ópera no rádio o tempo todo.

Querem saber a respeito do meu marido. Acharam um homem para servir de intérprete e ele me perguntou: "Onde está o seu marido?" A mulher gorda e o homem da ópera estavam lá, olhando para mim. Eu disse que ele chegaria em breve e que o estava esperando. "Onde ele está agora?", perguntou o homem e eu respondi que o meu marido estava em Paris.

É difícil para mim estar sozinha, e tem sido assim desde que parti. Às vezes, na rua, acho que estou sendo seguida. Tento não me afastar demais do hotel. A minha estada aqui, no entanto, tem sido a pior até agora. Há homens por toda parte observando você. Saí da França para San Sebastian, e ali fiquei em um pequeno hotel com vista para a praia e o mar calmo.

Lá, fiquei só. Eu me senti mal. Na desolação da cidade estava tudo fechado. As ruas ficavam desertas toda tarde. Os últimos poucos ainda de férias tentavam, no fim de setembro, tirar algum proveito do sol pálido.

    Peguei o trem noturno para Barcelona. Achei o que estava procurando em um livro de frases para estrangeiros: uma *coche cama* de solteiro, para uma só pessoa, nada de divisão. Partimos às sete da noite, e por volta das onze me senti cansada o bastante para fazer a cama e fechar as cortinas sobre os fachos de luz pelos quais o trem passava veloz.

    Barcelona. Eu não sabia o que esperar. Maior que San Sebastian, não há dúvida, e mais decadente, com uma luz diferente vinda do mar. O Mediterrâneo. As ruas largas refulgem na manhã. As ruas laterais oferecem sombra. Eu imaginava, mas não sabia o que esperar. Talvez o som da palavra Bar-ce-lo-na, a sensação de prazer que experimentava com o som das palavras, talvez fossem os sons que agissem e me prendessem.

    No momento em que despertei, tive certeza de que havia alguém na cabine. O trem se movia veloz. Ainda estava escuro, de modo que eu não podia ver nada. Fiquei imóvel e tentei manter o ritmo da respiração, como se estivesse dormindo. Não havia dúvida de que não era um sonho. Eu sabia que estava acordada; eu sabia o que estava acontecendo. Era o trem noturno para Barcelona, algumas horas antes do alvorecer. Era 1950, fim de setembro. Eu deixara o meu marido. Eu deixara a minha casa. Eu não sabia bem aonde estava indo. Eu não queria ser incomodada.

    Havia uma figura em pé, perto de mim, do lado da cama e a porta estava fechada atrás dele. Eu a tinha trancado antes de me deitar.

    Primeiro, a mão descansou, por um instante, sobre o meu pulso, segurando-o delicadamente, depois com mais força, depois prendeu-o. Quando me agitei e tentei me levantar, ele segurou o meu ombro. Sussurrou alguma coisa que não entendi. Arranhei suas mãos com as minhas unhas. Senti o cheiro de cerveja em seu hálito quando aproximou sua boca da minha.

Passou um instante antes de eu começar a gritar, não sei por que esperei. Ele recuou por um momento como se tivesse levado um susto, mas não desistiu. Ele estava quase em cima de mim. Tentei arranhar suas orelhas e seu rosto. Gritei "Vá embora" o mais alto que consegui, várias vezes.

Estava quase livre dele e em pé, de camisola, mas ele não largava meu pulso. Pela sua voz, eu diria que tinha trinta, talvez quarenta anos, mas não mais que isso. Continuei gritando "Vá embora", e senti que ele começava a ficar com medo. Isso me assustou ainda mais, porque temi o que faria comigo antes de ir embora — que me batesse ou machucasse.

Consegui abrir a porta com a mão que estava livre. Ele tentou me puxar de volta, mas gritei para o corredor. Ele me soltou e corri pelo corredor. Não sei como, mas ainda estava calma e com a mente clara o suficiente para me lembrar onde era o banheiro, e entrei e tranquei a porta. Ele não levou nada da cabine. Eu devia estar calma e lúcida, pois verifiquei isso imediatamente; estava tudo lá. Ele havia machucado o meu pulso e mais tarde percebi a equimose em meu ombro, que levou uma ou duas semanas para desaparecer. Tranquei a porta de novo, girando a alça pendente da tranqueta para dentro de seu receptáculo de metal. Era fácil perceber como um pedaço de papelão ou madeira ou até mesmo um lixa de unhas enfiada pelo lado de fora podia ter empurrado a tranqueta e destrancado a porta. Ainda assim, tranquei-a e deixei-a trancada.

Durante uma semana, senti como se tivesse saltado por uma vidraça, como se cada parte do meu corpo tivesse sido cortada ou fraturada ou surrada. Caminhei aturdida por Barcelona de manhã cedo: as lojas levantando as portas corrediças de aço para iniciarem o dia, crianças indo para a escola. Reparei na luz azul acinzentada suavizando a pedra. Cheguei a uma esquina, essa esquina, a esquina para que estou olhando agora, e vi uma mulher gorda de cabelo preto de permanente olhando para mim de uma sacada no alto. O letreiro dizia *pensión* e gritei para ela apontando a minha bagagem. Ela fez um sinal com as mãos para eu esperar e, sem demora, o cordeirinho, seu marido, desceu correndo e carregou minha mala ao primeiro andar. Quando lhe dei meu passaporte, ela me introduziu neste quarto.

Durante dias fiquei na cama, marcando o tempo pelo som das portas de aço das lojas sendo levantadas e abaixadas. Primeiro às oito, oito e meia, nove. Assim era a manhã. Depois à uma, uma e meia, duas, e algumas horas depois quando a sesta se encerrava, quando era hora de eu me levantar. Mas eu me sentia acabada, espancada. Tudo o que eu queria era ficar deitada.

Achei um bar mais adiante e quando a luz começa a surgir, às seis horas mais ou menos, vou até lá e tomo um enorme café com leite e como um sanduíche de pão duro e presunto ou atum. Tenho de apontar para o que quero. Naqueles primeiros dias eu não queria mais nada a não ser andar daqui ao café e voltar.

Em meu primeiro domingo, não houve portas de aço sendo abertas e fechadas, de modo que me orientei somente pelos sinos da catedral. Levantei-me e desci para a praça, para o meu café. O céu estava de um azul relaxante e o sol emitia um calor inesperado para um fim de setembro em Barcelona.

Tomei o cuidado de não me afastar demais da minha *pensión*. Sabia que teria de me revestir de coragem. Tinha comprado um mapa; assim, sabia que estava perto da catedral, no pequeno agrupamento de ruas logo acima do porto.

Sabia que teria de fazer um esforço. Tinha comprado um vestido e um *blazer* brancos de algodão, e um chapéu vermelho. Eu os estava usando pela primeira vez. Tinha de parar de sentir medo. Tinha de tomar a decisão de ir a bares, cafés, restaurantes, tinha de ser corajosa. Tinha de fazer o que quisesses.

Também sabia que não havia nada de errado comigo e que estaria bem. Sabia que o pânico causado por um homem que eu não conhecia entrando em minha cabine no meio da noite havia deixado uma pequena marca em meu ombro, como a equimose que estava desaparecendo.

    O bar estava agitado nessa manhã de domingo e a praça lá fora cintilava, como se especialmente iluminada para o domingo. Havia quadros expostos em torno do centro da praça. Eu estava curiosa. Há dias pensava em pintura; tinha evitado que se formasse qualquer idéia em minha mente. Eu simplesmente sabia que, ali, queria usar a tinta. Já sentira isso antes e havia sempre resultado em uma profunda decepção e um arrependimento amargo. Andava sonhando com pintar.

    Passo a maior parte do tempo absorta em mim mesma. Às vezes não enxergo à minha volta. Penso em mim mesma o tempo todo. O que vou fazer agora; como, por Cristo, vou sobreviver.

    Planos e fantasias ocupam a maior parte do meu tempo de vigília. Tenho o dia inteiro para pensar no futuro, para planejá-lo, sonhar com ele, imaginar tudo.

    O passado aconteceu: é cinza e vazio como as ruas estreitas de San Sebastian às quatro da tarde, com todas as lojas fechadas e suas portas corrediças abaixadas. O futuro está escancarado.

    Nesse dia, não fui ver os quadros na praça. Sentia-me bem vestida demais, visível demais. Em vez disso, entrei no bar e pedi um café. O garçom me trouxe e pedi um *croissant*, mas ele não entendeu e tive de ir até o balcão e apontar para o que queria. Já tinha reparado no homem em pé diante do balcão. Estava usando um pulôver vermelho e calça de veludo cotelê marrom; a sua camisa estava com o colarinho aberto.

    Reparei que de vez em quando relanceava os olhos para mim. Havia um quê de maníaco nele. Seus olhos escuros eram juntos e sua boca era larga. Seus dentes eram perfeitos. Notei que estava bem barbeado. Desviei o olhar. Eu não estava desconfiada nem com medo dele. Não parecia do tipo que nos segue pela rua. Quando olhei de novo, ele estava saindo. Virou-se, me olhou de relance por um instante, e sorriu quando percebeu que eu o estava observando.

Saí para a Plaza del Pino, em pleno calor do meio-dia, e olhei os quadros. O homem que tinha estado me olhando no bar estava sentado no chão, mas quando me viu chegando, levantou-se e pôs as mãos nos bolsos. Havia uma mulher, uma mulher morena e baixa com o cabelo comprido, atrás do cavalete; ela estava vendendo jóias também. Ele parecia estar com ela. Eu não tinha certeza. Curvei a cabeça e sorri para ela quando passei. Ela disse alguma coisa, pareceu uma saudação, mas não entendi.

Nessa noite, descobri a verdadeira Barcelona pela primeira vez. Jantei no Hotel Colón, em frente à catedral, depois ficou escuro e caminhei, passando pela igreja. Nunca havia feito esse caminho. Não o tinha visto antes. As ruas estavam desertas e havia sombras em toda parte, lançadas pelos lampiões que reluziam nos muros. A pedra desses edifícios — as igrejas, as bibliotecas e museus — era sólida e espessa. Quase nada era moderno: até mesmo a luz elétrica nos muros parecia de uma tocha. Achei fascinante.

Por fim, desci por uma passagem estreita que pensei ser uma rua sem saída. O ar ainda estava quente e, quando toquei na pedra, me surpreendi com o quanto estava fria. Lembro que fiquei ali e senti um calafrio. Ia dar a volta, mas, dobrando a esquina, pude ver uma arcada que levava a uma praça; portanto, prossegui.

Havia uma pequena fonte no meio, com duas árvores de cada lado. As árvores haviam sido podadas até o mínimo: galhos retorcidos que pareciam deformados e grotescos como braços e pernas com pedaços amputados. Era impossível imaginar como poderiam crescer de novo.

A praça era irregular e pouco iluminada; parecia haver mais uma passagem estreita do outro lado e eu decidi que sairia por ali, embora não soubesse aonde ia dar. Havia uma igrejinha de um lado, seus muros estavam danificados pelo que pareciam ser marcas de balas ou estilhaços. Atravessei para o outro lado e me sentei em uma saliência. Estava em Barcelona há cerca de uma semana e, de repente, senti como se tivesse encontrado o lugar que procurava: o centro sagrado do mundo, uma praça deserta, aonde se chegava por duas travessas estreitas, mal iluminada, com uma fonte, duas árvores, uma igreja e alguns anexos.

Pensei em Enniscorthy. Pensei em Tom, na casa cheia de correntes de ar, pensando em mim, tentando chegar a alguma conclusão a meu respeito. Pensei no que seria estar lá. Pensei em como seria passar a noite lá, com os corvos e as gralhas matraqueando nos carvalhos desfolhados próximos ao rio.

Pensei na desolação do lugar e olhei para essa desolação, desolação de pedra, essa praça assombrosa, arruinada, atrás da catedral de Barcelona, e tive certeza de que era o lugar certo para mim. Tive certeza de que tinha de estar ali.

Pensei no jardim de minha mãe em Londres, no fim de agosto, antes de eu partir, quando não conseguia decidir o que fazer. O jardim relaxante com a enorme cerejeira e os galpões em ruínas, a luz remota no fim da tarde, a laje cinza da senda, o som abafado do trânsito de Londres, as sombras.

A minha mãe me disse que eu estava preocupada. Soou como uma acusação.

— Sim, estou preocupada — disse eu.

— Tem certeza de ter razão para estar preocupada? — seu tom era gozador e entediado.

— Você se arrependeu alguma vez de ter deixado o meu pai?

— Não, não me arrependi.

— Nunca se sentiu culpada?

— Não senti nada, a não ser alívio.

— Mesmo quando ele morreu, não se sentiu mal?

— Seu pai foi um bom homem.

— O que acha que devo fazer?

— Vá embora, vá.

— E Richard? Ele só tem dez anos.
— O pai pode cuidar dele. Ele vai ficar bem.
— O que eu vou fazer?
— Vá para algum lugar. Espanha. Posso lhe conseguir o visto. Conheço alguém na embaixada. Eu lhe darei dinheiro.
— Ir para algum lugar? O que quer dizer com ir embora para qualquer lugar?
— Abandone o navio.
— Estou pensando em deixar o meu marido — disse-lhe de repente. Ela olhou fixamente para mim.
— Sim, eu sei. Sei que é disso que estamos falando.
Eu estava pensando. Não notei a figura no outro lado da praça, naquela noite. Quando o vi, assustei-me por um momento, e pensei para onde correria se fosse preciso correr. Eu tinha achado que estava sozinha. Quando ele se afastou do portal onde estivera até então, e caminhou na direção da fonte, eu soube quem era. Eu o reconheci pelo pulôver vermelho. Ele não olhou até eu me levantar para ir embora.

É tarde e tenho de ir comer logo, antes que os restaurantes fechem. Passo o dia todo sem fazer nada. Peguei a poltrona no canto do quarto e a desloquei para perto da janela. Passo horas observando a casa em frente, olhando para baixo, para a rua. Não acontece nada. Após o jantar, bebo conhaque com café, e estou sempre ligeiramente embriagada quando, na volta, perambulo pelo Barrio Gótico. E sempre acendo um cigarro na Plaza San Felipe Neri e sento-me na mesma saliência em que me sentei na primeira noite, olho a praça e penso em como vou sair dessa.

Tentei escrever para Tom. Tentei dizer que quero me afastar por um tempo e que talvez o veja em breve. Não é isso o que eu quero dizer. Quero dizer que estou começando a minha vida agora. Esta não é a minha segunda chance; é a minha primeira chance. Quero dizer que não escolhi o que fiz antes. Não sou responsável pelo que fiz antes. Quero lhe dizer que o deixei. O meu filho está afastado de mim, o meu filho cuidará de si mesmo. Não há mais nada que eu possa fazer por ele. Não importa o quanto me sinta culpada, tenho de cuidar de mim mesma.

Estou agora em Barcelona. Durmo até tarde de manhã. Se quero dormir à tarde, bebo um pouco de vinho no almoço e caio em um sono pesado com sonhos vívidos que misturam onde estou com o de onde vim, o arroio em Newtownbarry com a fonte na Plaza San Felipe e com a Market Square em Enniscorthy. Desperto após uma hora, talvez duas, e me sinto entorpecida pelo sono. Sento-me e cismo. Sento-me e devaneio até a luz começar a esmaecer e, então, atravesso o corredor e tomo uma ducha fria. Vou comer e volto para cá. Do outro lado da parede, o homem da ópera e suas óperas no quarto do lado.

Escrevi para a minha mãe e dei o endereço da *pensión*; é para onde o dinheiro deve ser enviado. Preciso de mais dinheiro, logo. Não expliquei por que estou aqui, o que estou fazendo aqui, por quanto tempo vou ficar; eu não contei nada à minha mãe. A sua resposta, quando chegou, foi tão breve quanto a sua carta original. O dinheiro viria por um banco local. O seu marido está alucinado, não faz idéia do que você está fazendo. Todo o meu amor. Não havia nenhuma menção a Richard; ela sabia que eu o tirara da cabeça.

Algumas semanas atrás tentei seguir uma rota diferente para o Hotel Colón, onde eu jantaria. Não estava com pressa, portanto, quando vi um restaurante e escutei murmúrios de vozes altas lá dentro, parei e olhei. O lugar parecia bagunçado, até mesmo sujo, mas estava cheio de gente bebendo no bar e os garçons passavam com dificuldades por eles em direção ao restaurante que ficava nos fundos. Eu me arrisquei a entrar. Acho que me senti atraída pelas pessoas. Fiz um gesto para o garçom e ele entendeu que eu queria mesa para um. Nós dois olhamos em volta e pareceu que não havia nenhuma desocupada. Assim, eu estava para sair e voltar mais tarde, ou quem sabe em outra noite, quando um casal se levantou após pagar a conta e o garçom levou-me à mesa. O cardápio estava escrito a giz em um quadro-negro e não estava claro. Eu tinha um pequeno guia prático com a lista de itens de um menu. Eu procurava no guia palavras que estavam no quadro-negro quando o avistei.

Estava com várias pessoas em uma mesa comprida em frente à minha; a maioria era de homens, mas também havia algumas mulheres jovens. Ele estava de terno e camisa branca com o colarinho aberto. Estava de costas para mim, mas, de vez em quando, relanceava os olhos em volta. Seus companheiros eram jovens, apesar de alguns não terem mais idade de ser estudantes; eram jovens o bastante para rirem de quase tudo que era dito. Procurei a mulher que estava vendendo jóias na praça, mas ela não estava lá.

No começo, eu me lembro, Tom tinha receio de que eu o visse nu. Despia-se sentado na cama e logo pondo o pijama. Quando apagava a luz, recostava-se afastado de mim e fazíamos amor somente quando o calor de um e de outro na mesma cama nos unia. Porém, mesmo então, ficava nervoso quando eu o tocava. Queria ficar deitado do meu lado por muito tempo, me abraçando e com a cabeça em meu ombro e pescoço. Deitava-se imóvel. Às vezes eu achava que ele havia adormecido e eu estendia a mão e tocava seu pênis, que estava duro e aguardando. Ele ofegava por um instante e passava as mãos por meu corpo. Assim que estava dentro de mim, ejaculava, chorando para si mesmo, quase gemendo, e então se virava e dormia.

É outubro em Barcelona. Continuo a explorar e descubro novos lugares; os dias são preenchidos. Mudo meus hábitos. Agora tomo o café da manhã na Calle Petritxol que sai da Plaza del Pino. Há vários pequenos cafés, especializados em café, chocolate, pequenos sanduíches, doces e tortas. Vou ao mesmo café todo dia à mesma hora; eles agora me conhecem e sorriem para mim quando eu entro.

No começo, eu não sabia se abriam aos domingos. No dia em que fui me certificar, atravessei a Plaza del Pino e, mais uma vez, me deparei com os quadros à venda no meio da praça. Eu estava pensando nele. Muitas pessoas saíam da missa na igreja de Santa Maria del Pino quando passei. O café estava aberto, mas todos os lugares perto da porta estavam ocupados, de modo que tive de me sentar no fundo. Enquanto o garçom me conduzia a uma mesa vazia, vi seus olhos fixos em mim. Eu não esperava vê-lo ali. Era mais claro do que eu pensava, mas seus olhos e seus lábios eram os mesmos. Olhou para mim como se eu fosse me juntar a eles. Quando me sentei, ele não desviou o olhar. Seu companheiro era mais velho, mais pálido que ele, tinha uma aparência quase doentia. Seu rosto era fino. Estava usando gravata-borboleta. Continuaram a conversar e quando se levantaram para ir embora, os dois sorriram para mim. Ele não olhou para trás.

Saí para as Ramblas e subi para a Plaza Cataluña e, depois, desci de volta, na direção da catedral. Parei e tentei refletir por um instante. Tentei entender o que estava fazendo ao retornar aos quadros da Plaza del Pino. A mulher baixa estava lá, e ele em pé, atrás dela. Dei uma volta, olhando os quadros, até chegar a eles. Parei, e a mulher falou comigo.

— Inglesa? Americana? — disse ela.

— Inglesa — respondi. Ele me observava.

— Turista? — perguntou ela. Eu sorri e balancei os ombros.

— Gosta de Barcelona?

Assenti com a cabeça. O homem falou um pouco com ela e, depois, os dois se viraram e olharam para mim.

— Mora aqui, no Barrio Gótico? — perguntou ela.

— Moro na Calle del Pino — respondi.

— Mora em uma *pensión*?

— Sim.

— Tem família aqui?

— Não.

— Como se chama?
— Katherine.
— Eu sou Rosa. Gosta de pintura?
— Sim — hesitei —, sim, às vezes.

Falaram novamente entre si e pensei se não deveria ir embora. Pensei se não devia me afastar.

— Ele quer pintar você, este homem — disse ela.

Sorri e neguei com a cabeça.

— Não, eu não quero. — Ela traduziu para ele. — É seu marido? — perguntei.

— Não. — Ele olhou para mim e fez um sinal como se tivesse um pincel na mão e pintasse o rosto. Ele se pôs a balançar a cabeça, insistindo. Neguei também com um movimento da cabeça.

— Por que não? — perguntou a mulher. Não respondi. Apontei para uma pintura de barcos em uma praia, no cavalete do nosso lado.

— É dele?

— Não — disse ela. Quando ela lhe contou o que eu tinha perguntado, ele riu.

— Ele é um bom pintor — disse ela e ele balançou a cabeça concordando.

— Tenho de ir — disse eu.

Na semana seguinte, pensei tê-lo visto várias vezes na rua. Ainda assim, um dia, quando me dirigia ao mercado e vi o pintor, levei um susto. Ele saía de uma casa na Puertaferrisa. Franziu o lábio como se achasse graça em me encontrar por acaso, e dessa maneira.

— *Bonjour* — disse ele.
— Bom dia.

Ele disse alguma coisa que não entendi. Riu por um momento e, então, apontou para o meu rosto e moveu um pincel imaginário. Ficou dizendo *"si"* e balançando a cabeça. Segurou a minha mão por um instante, na rua.

— Tenho de ir. *Je dois aller* — disse eu.
— *Non, non* — disse ele.
Foi insistente, e eu quis ir embora. Queria saber onde eu morava. Apontei para a *pensión* na esquina. Se ele ligasse para lá ou me perturbasse, eu poderia me mudar. Havia uma *pensión* em cada esquina.
Mas assim mesmo fiquei preocupada com que me ligasse e criasse caso e senti alívio quando não fez nada disso. Simplesmente chegou um dia com Rosa e me convidaram para conhecer o ateliê. Mostraram-se ansiosos e amáveis. A cara da senhoria fechou-se quando Rosa falou em inglês. Eu disse que iria com eles outro dia.
— Amanhã? — disse ela.
— Sim, está bem.
Voltaram no dia seguinte e fui com eles, dobrando a esquina, na Calle Puertaferrisa. Pode parecer engraçado, mas não me senti nervosa ao subir a escada de uma casa em que nunca tinha estado antes, a mesma casa de onde o vira saindo naquele dia. Depois de alguns lances de escada, ele empurrou uma porta e entramos em uma sala comprida, enorme, com janelas grandes nos dois extremos e um teto de vidro. Havia cavaletes e tintas por todo o canto. Algumas pessoas, em geral mulheres jovens, estavam sentadas em bancos, pintando a partir da foto de uma rua. O homem em que eu tinha reparado no café, no domingo, estava em pé atrás dos cavaletes, mostrando algo a um dos alunos. Ele olhou para nós por um minuto e, depois, continuou o que estava fazendo. O outro homem olhou para mim e apontou para si mesmo.
— *Yo, Miguel* — disse ele. — *Miguel* — repetiu. — *Y tú?* — perguntou, apontando para mim.
— Katherine — respondi.
— Katherine — tentou repetir.
— Eu Tarzan — disse eu e ele quis que eu repetisse, mas não me senti capaz de explicar.

— É uma escola? — perguntei a Rosa.
— Sim, é uma escola para pintores.
— Eu pinto — disse eu. — Posso participar?
— Tem de perguntar a Ramon — replicou ela. Apontou para o homem pálido que eu vira no café.
— Você pergunta para mim — disse eu.
Observei-a caminhar na direção de onde ele estava. O homem que se apresentara como Miguel aproximou-se, e quando o homem pálido tornou a relancear os olhos, nos viu juntos. Por fim, Rosa veio até mim.
— Pode voltar em uma semana? Ele conversará com você então.
— Vai me aceitar? — perguntei. — Diga-lhe que posso desenhar.
— Não tenho certeza — disse ela. — Ele não sabe. Você deve retornar na semana que vem.

A catedral acaba de bater a meia-noite e não há mais portas corrediças para serem abaixadas. O dia encerrou-se. Amanhã voltarei ao livro de gramática que comprei. Amanhã aprenderei mais verbos. Mas hoje à noite, não há lugar para mim nesta cidade, a não ser aqui, neste quarto desleixado deste pequeno hotel. Até amanhã, nenhuma gramática terá utilidade para mim. Durma, meu marido, durma tranqüilo. Eu não vou voltar. Meu filho está dormindo na Irlanda e eu não vou voltar. Vou me acostumar com a cama. Vou dormir. Eu não vou voltar. Vou pensar no futuro até adormecer.

Barcelona

AGORA, ELA NÃO PENSAVA mais neles, às vezes apareciam em sonhos e se fundiam em outros sonhos. Ela estava distante. Abriu a pequena janela do quarto e olhou para Berga. Uma fria manhã de primavera ao sopé dos Pirineus. Silêncio mortal. Ela acendeu um cigarro e apoiou os cotovelos no peitoril. A névoa ainda pairava sobre a cidade e havia um tênue indício de gelo no ar.

Ela estava nua e ciente de que se ele acordasse a veria. Olhou para ele, sua face angelical no sono, toda a malícia e deleite haviam desaparecido, a vida tirada dele.

A cidade tinha ficado desperta a noite toda. Multidões vieram das aldeias próximas; também veio gente de Barcelona, de Lérida, de Gerona. Miguel tinha insistido em pegar um dos primeiros ônibus que partiam de Barcelona e reivindicou esta cama no quarto dos fundos do apartamento de seu amigo. Recebeu a chave do quarto, que trancou antes de descerem para almoçar em Berga. Ele disse-lhe para comer o máximo que pudesse, pois não teriam tempo mais tarde. O resto do dia seria passado bebendo e gritando, disse ele, e conferiu as duas palavras em seu dicionário de bolso Espanhol-Inglês para se certificar de que ela tinha entendido. Beber e gritar.

Miguel encontrou-se com vários amigos para almoçar, e passaram o tempo todo falando. Katherine tentou acompanhar o que diziam sem muito sucesso. Falavam em catalão; há meses estudava espanhol. Ocasionalmente, um deles falava com ela em espanhol, mas em geral estavam envolvidos demais em sua conversa para prestar atenção nela.

Era Corpus Christi — o dia da abertura do Patum de Berga. Às dez horas, na praça principal, os tambores retumbavam e os fogos estrondeavam no céu e, então, os enormes gigantes caminhavam pelas ruas com o povo tentando chegar o mais perto possível.

Agora, de manhã, a cerração se desfazia e ela pôde ver as poucas tendas armadas na campina, à margem do pequeno rio ao norte da cidade. Apagou o cigarro no peitoril da janela e fechou-a contra a manhã fria.

A cama era um colchão no chão. Quando puxou os cobertores para se acomodar, Miguel abriu os olhos, fechou-os novamente e sorriu. Beijou-a na boca. Quando ele se levantou e se espreguiçou, ela se deitou e observou-o: suas costas eretas, magras e alvas, e o cabelo áspero de suas pernas.

Ele estava gélido quando voltou do banheiro e se aconchegaram um contra o outro, tremendo de frio. Ela arfou quando ele pôs as mãos frias em suas costas. Por um momento ela conseguiu pôr a sola do pé contra o seu estômago e ele gritou e a afastou.

— Bom dia — disse ele, tentando imitar o inglês dela.

Seu hálito tinha o gosto de alho, quando a beijou. Pôs o rosto contra o dela, e encarou-a, tentando desafiá-la. Deitou-se de costas e puxou-a para cima dele, com o rosto afundado em seus seios.

Esperou muito tempo até penetrá-la e, quando terminou, quis, como sempre, dormir um pouco, abraçado com ela, mantendo-a o mais perto possível. Às vezes, dormia por apenas cinco ou dez minutos; cochilava e despertava e queria conversar; às vezes, ela não o deixava perceber que não compreendia grande parte do que dizia. Ela estava levando muito tempo para aprender a língua.

Jordi era o dono do apartamento; Katherine já o conhecera antes. Seu ateliê era no andar de cima, com duas janelas dando para Berga. Ela passou a primeira manhã depois do Patum observando Jordi pintar. As telas mediam cerca de noventa centímetros de comprimento por trinta de largura. Ele havia finalizado seis, que enfileirou na parede para ela. Todas as telas haviam sido primeiro pintadas de um branco quase luminoso. Em duas, o branco cobria quase toda a superfície; em uma delas, havia uma meia lua preta sobre o branco, e no sentido da parte inferior da tela uma massa em vermelho, azul e rosa. Ela ficou impressionada com a sutileza da pintura, embora não compreendesse o que ele estava tentando fazer. Ela olhou outra tela: o fundo branco, tenuemente luminoso e, à direita, várias linhas pretas compondo formas cruciformes, e nada mais.

Os outros quatro quadros eram mais quentes, mas continuavam sóbrios. Linhas pretas grossas separavam quadrados de cor um do outro. Às vezes a tinta havia sido usada tão rala que tremeluzia no preto em volta. Havia a pintura de uma montanha, marrom, preto, cinza escuro com marcas de entalhe feitas com um bisturi ou uma faca e um céu azul plano atrás. No canto inferior, havia duas pessoas de cerca de uma polegada de altura, pintadas como figuras recortadas. Pareciam estar se abraçando.

Jordi contou-lhe que os quadros haviam sido encomendados pelos monges da abadia de Montserrat. Eram as estações da Via Sacra: as quatorze imagens que representam as cenas da Paixão de Cristo.

Ficaram olhando a obra: o quadro branco e preto, ele disse, era a crucificação; o quadro com a meia lua e as formas na parte inferior da tela era a descida de Cristo da cruz, a deposição; os três quadros de cores tremeluzentes e linhas pretas eram as três vezes que Jesus caiu a caminho do Calvário, e o quadro da montanha com as figuras recortadas era o seu encontro com Maria.

Ela desceu para Berga para se encontrar com Miguel. Ele estava sentado sozinho no bar, com um copo de cerveja. Foram para o restaurante e, enquanto examinavam o cardápio, Katherine explicou o que Jordi lhe dissera sobre as pinturas das estações da Via Sacra. Ele riu. Estendeu a mão, com a palma virada para ela e esfregou o polegar nos dedos; seu rosto assumiu uma expressão avara. Ele riu de novo. Ela disse-lhe que não entendeu.

— Dinheiro — disse ele —, Jordi faz isso por dinheiro. — Prosseguiu dizendo que Jordi tinha mais interesse no Patum de Berga do que na Via Sacra. Simplesmente precisava do dinheiro e os monges estavam dispostos a pagar. Ela replicou que não acreditava nele.

Comeram massa e tomaram uma garrafa de vinho tinto generoso. Em frente a eles estava um homem na faixa dos trinta, com o cabelo prematuramente grisalho. Sua pele era quase amarela; ele parecia estar se recuperando de uma doença. De vez em quando, dardejava o olhar na direção deles e prestou muita atenção na análise das estações da Via Sacra. O seu vinho havia sido servido em um *porrón*, mas ele segurava o gargalo no ar e esguichava o vinho na boca, como outros faziam. Verteu o vinho em seu copo. Ela reparou que seus olhos eram verdes.

Miguel queria falar com ela sobre o futuro. Depois de sua exposição em Barcelona, partiriam juntos e viveriam nas montanhas, ao norte dali, lá em cima. Até lá, ela já estaria falando o espanhol perfeitamente e poderia começar a aprender o catalão.

Ela ficou embaraçada com o tom alto de sua voz, e sua veemência. Não tinham falado sobre dinheiro. Ele não sabia que sua mãe lhe enviava dinheiro de tempo em tempo. Ela não sabia bem do que ele vivia. Havia outras coisas a seu respeito com que se sentia insegura; ela não tinha um contexto em que situá-lo. Era mais fácil passar dois dias seguidos com ele sem ter de tomar a grande decisão de viver com ele nas montanhas.

Foram a um bar mais adiante na rua e tomaram café em uma mesa do lado de fora. Miguel pediu uma bebida púrpura e doce que ele chamou de *paxaran*. Depois de duas dessa e dois cafés, ela se sentiu bêbada e cansada e insistiu para que voltassem ao apartamento.

ASSIM QUE ENTRARAM NO quarto, ela tirou a roupa. Ficou no meio do cômodo enquanto ele fazia a cama, esticando os lençóis. Ele tirou o paletó e a camisa, e quando ficou nu, aproximou-se e pôs os braços em volta dela, que sentiu o coração bater acelerado. Sentiu o gosto do álcool e do café em sua boca como se fosse uma parte integrante dele, assim como o padrão do pêlo escuro em seu peito. Na cama, ele se deitou em cima dela e segurou a sua cabeça; toda a energia dele vinha da boca e língua. Às vezes, ele mantinha a boca fechada e a beijava nos lábios. Deixara o invólucro com as camisinhas no chão, do lado do colchão; desenrolou-a, cobrindo o pênis, que ela segurou e guiou para dentro de si. Enquanto ele o movia para dentro e para fora, ela sentiu o latejar espontâneo da excitação do orgasmo. Ele manteve as duas mãos sob ela, enquanto ela ofegava, e tentou enfiar cada vez mais fundo. Começou a ejacular, e juntos o sustentaram o quanto puderam.

Era o crepúsculo. Ela tinha virado de costas para ele antes de adormecerem e ele havia se encaixado em volta dela. Assim que ela se mexeu, ele despertou. Estavam quentes e suados na cama. Não se ouvia som nenhum na casa. Ela virou-se e beijou-o e ele pôs as mãos em seus seios; segurou o bico entre o polegar e indicador; abaixou a boca e beijou-o. Seu pênis endureceu de novo. Ela sorriu ao deitar-se em cima dele e ele pôs o rosto de encontro aos seus seios. Ele a empurrou para trás e pôs a língua entre as suas pernas. Quando gozou, foi sem camisinha, mas retirou-o quando ia ejacular, e ergueu-se. Na penumbra, ela observou o jato de seu sêmen sobre o seu abdômen.

Não havia água quente no chuveiro e o banheiro estava gelado. Ficaram juntos sob um fio de água gelada e tentaram se lavar. Juntos tentaram tirar o sabão. Miguel correu ao quarto para pegar as toalhas e roupas limpas. Quando saíram de casa, viram os fogos e escutaram o rufar dos tambores. O Patum havia começado.

Os tambores retumbaram o mesmo som: "Patum! Patum!" Na pequena praça, as figuras gigantescas se assomavam sobre tudo; a orquestra tocou música para dança em ritmo rápido. O rei e a rainha apareceram primeiro, com toda aquela máscara de sabedoria e solidez, e a multidão seguiu-os gritando vivas. As outras figuras, cada uma com três metros e meio de altura, vieram atrás; elas também pareciam majestosas e implacáveis.

Katherine e Miguel moveram-se pela multidão em busca de Jordi, mas não conseguiram encontrá-lo. A certa altura, Katherine notou o homem que ela vira mais cedo no restaurante, o homem de olhos verdes e cabelo grisalho. Cruzou o olhar com ele por um momento. Ele parecia muito mais estrangeiro no meio da multidão catalã do que na hora do almoço.

Estava escuro como breu e a multidão se agrupara ao redor dos gigantes e dos batedores de tambor na praça grande. Os fogos eram detonados, crepitavam no céu. Os rostos dos gigantes davam a impressão de que tomariam vida a qualquer momento, e fechavam a cara para o povo de Berga. Ela queria ficar, olhá-los e segui-los, mas Miguel quis ir ao bar comprar um *porrón* de uma bebida que ele chamava de *mau-mau*, para que pudessem ficar pelas ruas o resto da noite.

— No ano que vem, seguiremos os gigantes — disse ele. Olhou para ela e caminharam na direção do bar. No próximo ano, ela tinha entendido. *El año que viene.* No ano que vem.

Tomaram uma cerveja no bar. Ela lembrou-se de que ele tinha falado no tempo futuro — no ano que vem — como se tivessem combinado passar o futuro juntos. Ela não tinha concordado em passar o futuro com ele. Não sabia nada dele. Não tinha como verificar o que ele lhe contara. Ele estava para fazer trinta e cinco anos. Nasceu em uma cidade chamada Reus na província de Tarragona. Tinha dito que não se casara e ela não tinha nenhuma prova do contrário. Havia sido preso por pouco tempo, depois da guerra civil — a sua família era republicana e ele odiava Franco. Havia morado em Paris e Lyons. Tinha trabalhado como garçom em Lyons. Mas durante os últimos dez anos tinha vivido em Barcelona e, até onde ela pôde entender, passara a maior parte do tempo pintando. Tinha lhe mostrado os catálogos de suas exposições que remontavam a 1944. Contou que havia se envolvido na guerra civil.

Ela queria saber se podia confiar nele. Agora, ali em Berga, tarde da noite em um bar, ela queria saber se podia acreditar nele. Pensou em falar com Rosa. Pensou em falar com Ramon Rogent, o pintor que dirigia o ateliê a que ela ia diariamente. Daria qualquer coisa para saber mais sobre Miguel, mas se deu conta de que não podia perguntar nada, teria de observar e descobrir.

Olhou em volta por um instante. O homem da pele amarela e olhos verdes de gato estava olhando fixamente para ela e quando o olhou de volta, ele levantou-se e dirigiu-se a ela. Levava uma sacola de papel na mão. Ela virou-se para o balcão e esvaziou a garrafa de cerveja no copo. Miguel continuava a falar com o *barman*.

— Fala inglês? — perguntou o homem. O sotaque era irlandês. Ela enrijeceu, Miguel também olhava para o homem.

— *Habla español?* — Ela usou a terceira pessoa formal para perguntar se ele falava espanhol. Ela não queria conhecer ninguém da Irlanda. Ele respondeu que falava, mas muito mal. Miguel disse que então formavam um par que falava mal o espanhol. O homem não disse nada. Os dois o olharam esperando. Ele olhou para os dois, observou-os, quase sorrindo. Miguel ofereceu-lhe uma cerveja e ele aceitou. Depois, ninguém falou. Katherine estava pouco à vontade, sabendo que Miguel estava ignorando o homem.

Ela pediu licença e foi ao banheiro. Quando voltou, ele continuava lá, confiante, em silêncio, atento. Ela queria que ele fosse embora.

— *Es irlandés como tú* — disse Miguel. Ela disse que já sabia. O homem ouviu-a.

— Não há vaga no hotel — disse ele. — Não consegui lugar onde passar a noite. — Seu cabelo era grosso e cortado bem curto, como uma boina cinza na cabeça e parecia ter pouco dinheiro. Seus sapatos estavam velhos e gastos. De repente, lembrou a Katherine alguém por quem ela passara na estrada, quando dirigindo em Enniscorthy.

— Conhece algum lugar em que eu possa ficar? — perguntou a ela.

— Pergunte a ele — apontou para Miguel, que estava pagando por um *porrón* de *mau-mau* no bar. Com muita hesitação, o homem explicou a Miguel que todos os hotéis e *pensión* de Berga estavam lotados. Miguel balançou os ombros, como que dizendo que não podia fazer nada. A menos que queira vir conosco, disse ele.

— Diga-lhe que sim, que quero ir com vocês — o homem falou com Katherine. — Diga-lhe que meu nome é Michael Graves. Diga-lhe que sou pintor como ele.

— Como sabe que ele é pintor?

— Escutei vocês conversando no almoço.

— Vi que nos observava.

— Eu sei.

— O meu nome é Katherine. Este é Miguel. — Apertaram as mãos. Suas mãos eram pequenas e macias, como as de uma criança.

Assim que saíram para a rua, Miguel começou a cantar, mas ela não conseguiu compreender a letra da canção. Quando um grupo de jovens veio na direção deles na pequena Ramblas íngreme que descia da praça, Miguel os deteve.

— *Ese galapaguito no tiene madre* — disse ele pondo Michael Graves na frente.

Todos riram e Miguel cantou de novo: "*No tiene madre, ese galapaguito no tiene madre.*"

— O que é *galapaguito*? — perguntou Michael Graves.

— Não sei. — Katherine perguntou a Miguel, que riu e repetiu os versos da canção. "*Ese galapaguito no tiene madre.*" Apontou mais uma vez para Michael Graves e estendeu-lhe o *porrón* de *mau-mau*. Michael bebeu direto no gargalo, Miguel, indignado, insistiu em mostrar-lhe como beber do esguicho. Katherine pediu de novo a Miguel para explicar o termo *galapaguito*, mas ele avistou um casal de meia-idade e começou a cantar para eles. O casal riu.

— Tenho um dicionário na bolsa. Como se escreve *galapaguito*? — perguntou Katherine a Michael enquanto folheava o livrinho minúsculo tentando encontrar a palavra. — Aqui está! Achei! Significa "tartaruga". A canção diz: "Essa tartaruguinha não tem mãe."

— Não entendi a piada — disse Michael Graves. Agora Miguel estava com o braço em volta de um bando de estranhos e voltou a entoar a canção e apontar para Michael. "*No tiene madre, no tiene madre, no tiene madre.*"

Mais tarde voltaram ao bar e encontraram Jordi e um grupo grande cantando em uma mesa comprida. Miguel pediu três cervejas e fez com que se espremessem para dar lugar para eles. Ele tinha parado de cantar sobre o *galapaguito*, mas disse a todo mundo que Michael não tinha mãe nem lugar onde dormir, e prosseguiu com uma lista comprida das coisas que ele não tinha. Todos riram, menos Michael e Katherine, que não entenderam. Michael olhou para todos eles em volta da mesa; não fez esforço para se juntar a eles.

Katherine quis ir embora; o álcool não estava surtindo efeito nela, estava cansada. Pediu a chave a Miguel. Ele perguntou aonde ela ia. Para casa, ela disse.

Ele apontou para Michael Graves.

— Está indo com ele? — perguntou.

— Não. Me dá as chaves.

Ele tirou as chaves do bolso e enquanto as dava tentou mexer no cabelo dela. Ela virou-se para o irlandês.

— Boa noite — disse ela.

A porta do ateliê de Jordi no último andar estava destrancada. Ela entrou e acendeu a luz. As telas continuavam enfileiradas na parede: seis estações da Via Sacra, todas oblíquas e difíceis. As duas figuras pequenas de Cristo e Maria se abraçando. Acima deles, uma enorme montanha escura e, além, o céu azul brilhante e claro.

Ela foi à janela e abriu-a; o ar da noite fria entrou como um choque. Ela olhou para baixo para as poucas luzes ainda acesas no pequeno vilarejo de Berga e a escuridão total em todo o resto. Campos pequenos e estradas aos pés dos Pirineus, pequenas propriedades nas colinas, pequenas cidades, Vich, Solsona, Baga, Cardona, Ripoll. O mundo se virando na noite. O mundo inspirando.

QUANDO ACORDOU DE MANHÃ, Miguel estava nu do seu lado. Do outro lado, na beira do colchão, havia outra pessoa. Os dois homens dormiam profundamente. Ela soube imediatamente quem era o outro. O irlandês. Ela deslizou para fora do colchão, pôs uma roupa antes de ir ao banheiro. Assim que se vestiu, saiu.

Ao voltar, estavam acordados, mas ainda na cama. Miguel disse que estava enjoado, foi ao banheiro e voltou com uma jarra de água que tentou beber. Ainda estava nu. Ela queria que ele se cobrisse enquanto o outro homem estivesse lá. O outro homem, que estava vestindo a camisa, afastou-se deles como se fosse voltar a dormir. Ela falou com ele:

— Vai ficar em Berga?

— Não, estou voltando para Barcelona.

— Mora em Barcelona?
— Moro.
— Como vai para lá?
— De ônibus.
— Nós também.
— Eu sei. Vou com vocês. O seu marido me convidou para ir com vocês. Espero que esteja tudo bem.
— Ele não é meu marido.
— Ele me disse que era.
— Está mentindo. Não é meu marido.
— Ele disse que você é irlandesa — o homem sentou-se na cama, sua aparência estava horrível, ainda mais amarela e doentia do que no dia anterior. — Você parece inglesa.

Miguel observava-os atentamente enquanto conversavam.
— Pareço? — perguntou ela.
— De que parte da Irlanda você é?
— Não quero falar da Irlanda.
— Qual é o seu segundo nome, o seu sobrenome?
— Proctor, o meu nome é Katherine Proctor.
— É um nome bem protestante — deu um sorriso largo.
— Esqueci o seu nome.
— O meu nome é Michael Graves, bebi demais ontem à noite com o seu marido.
— Ele não é meu marido. — Virou-se para Miguel. — *Miguel, tú no eres mi marido, verdad?* — Ele olhou para Michael Graves, levantou-se nu e se espreguiçou. Ela sentiu vontade de ficar na sua frente para cobri-lo. Queria que ele pusesse alguma roupa.

Quando se vestiram, subiram para o ateliê em que Jordi já estava trabalhando. Miguel perguntou a Michael se ele entendia a palavra *dinero*.
— Dinheiro — disse Michael. Miguel apresentou Jordi como Jordi Dinero e fez um sinal esfregando o polegar no indicador e apontando para Jordi. "*Dinero*", zombou ele. Deu uma volta pelo

ateliê e olhou mais uma vez para as telas. Chegou à meia-lua e disse a Michael que era meia peseta que Jordi havia perdido no Patum do ano passado e que queria recuperar. Apontou para a pintura das duas figuras e a montanha e explicou que era o registro do dia em que Jordi recebeu um pouco de dinheiro de sua mãe. Todas as telas para os monges de Montserrat eram, explicou, sobre o tema *dinero*, e por isso o pintor chamava a si mesmo de Jordi Dinero.

No começo, Jordi se divertiu, mas à medida que o discurso prosseguia parecia achar menos graça e Katherine percebeu a amargura no tom de Miguel. Michael Graves não disse nada. Katherine não fazia a menor idéia de como se livrariam dele.

Jordi acenou da janela para eles, quando se dirigiram, com sua bagagem, ao ônibus. Havia muita gente na estação e tiveram de esperar o segundo ônibus. Miguel queria que se sentassem no último banco para olharem a vista pela janela de trás. Michael Graves perguntou de novo de onde ela era.

— Sou de Wexford.

— Eu também — disse ele. — De que parte?

— Entre Newtownbarry e Enniscorthy.

— Newtownbarry — disse ele. — Não é mais chamado assim. Sou de Enniscorthy.

— Você não foi mandado para me procurar, foi? Se foi, diga logo.

— O que quer dizer? — perguntou ele.

A Casa

ALGUMAS SEMANAS ANTES de deixar a Irlanda, Katherine pôs-se, certa tarde, a observar o raio azul trovejante cair sobre o rio e o campo em frente à casa. Observou o céu opressivo, sentindo a umidade do ar lá fora, sabendo que por mais intensamente que observasse e estudasse essa cena, e que por mais que refletisse sobre as cores, jamais a apreenderia corretamente.

Simplificou-a; omitiu a quietude, o raio rasgado proveniente do céu baixo. Amontoou as nuvens na aquarela, sobre a folha de papel, enfatizou a sua textura, o cinza, o preto e o branco do aço. Parou e deixou-a ali, e virou-se para a janela.

Notou uma figura saindo da estrada e subindo a entrada de automóveis. Uma mulher caminhando com dificuldades, alguém que ela não conhecia; talvez uma mendiga, ou alguém procurando lenha. Voltou a olhar a aquarela para ver se podia incluir a figura da mulher, mas a escala era pequena demais, a figura não passaria de uma pincelada, um salpico.

Ficou absorta no trabalho e se esqueceu da mulher. Mais tarde, mais de uma hora depois, lembrou-se de quando uma das garotas da cozinha veio dizer-lhe que uma mulher batera na porta dos fundos e que queria vê-la e que não iria embora.

— Quem é? Você conhece?
— Ela veio da estrada.
— O que ela quer?

— Ela não quer dizer.
— Diga-lhe que agora estou ocupada.
A garota hesitou, como se fosse dizer algo, mas então virou-se e saiu.

O céu pendia baixo sobre o rio. Katherine voltou à janela e estudou a cena mais uma vez; havia uma cama no canto, e um guarda-roupa duplo e pesado contra a parede, mas o tapete havia sido enrolado displicentemente, e as paredes estavam cobertas de suas pinturas, o fruto de seu trabalho, ela dizia. O cômodo estava apinhado e desarrumado, ao contrário do resto da casa; a bacia para lavar as mãos estava cheia de potes de geléia e pincéis, e trabalhos pela metade espalhavam-se pelo chão.

A chuva começou delicadamente, chegou como o som do vento, e então, as nuvens se abriram com violência e a água bateu contra a janela, o céu ficou escuro e a sala tornou-se só sombras. Observou cuidadosamente a janela, focou a atenção nas gotas de chuva batendo contra a vidraça, e escorrendo; permaneceu ali até a hora de se lavar e vestir, e abandonar seu mundo privado.

Richard estava à mesa quando ela entrou na cozinha; um amigo estava com ele, os dois faziam seus deveres nos cadernos sobre a mesa.

— Podemos tomar suco de laranja? — perguntou ele assim que a viu.

— Só depois do jantar — disse ela enquanto verificava o que estava cozinhando no fogão. — Mary — chamou, na copa —, dá para assar um pouco essas batatas depois de cozidas?

Mary entrou na cozinha e olhou para ela nervosa, como que desconfiada.

— Que dia horrível — disse Katherine.
— Aquela mulher continua lá fora, senhora — disse Mary.
— Mulher?
— Ela é um dos Kenny, senhora.
— Meu marido já a viu?
— Ele não falaria com ela.

— É mendiga?
— Oh, Deus, não, não, não é, senhora.
— Não lhe disse que estou ocupada? Os meninos ainda não comeram. O meu marido está na sala?
— Ela vai morrer lá fora — disse Mary e fez um gesto na direção da porta.
Katherine viu, da janela, a mulher de novo no dia seguinte. Lá fora ventava muito e ela trabalhava com lápis e caneta sobre o papel, desenhando as árvores desfolhadas, bétulas e lariços do outro lado do rio, contra o céu de nuvens brancas densas. Mais tarde começaria a pintar a cena; nesse meio tempo, experimentaria as linhas e perspectivas, a contenção do que estava lá fora.

DURANTE A TARDE, eles a deixavam só; todos eram vedados, menos Richard, que às vezes vinha e a observava, mas aos poucos ficaria entediado e mexeria na tinta, e ela teria de mandá-lo descer. Em geral, ninguém a perturbava, por isso se irritou quando bateram na porta no segundo dia seguido e se aborreceu quando Mary entrou.
— Ela não quer ir embora, senhora. Não consigo fazê-la ir embora.
— Sabe o que ela quer?
— Ela não quer dizer nada, a não ser que quer ver a senhora.
Olhou para o céu lá fora, aproximou-se da janela e ali ficou.
— Não sei quem a encorajou a vir aqui.
Mary aguardava à porta, a expressão consternada e tensa. Fez-se silêncio.
— Vou descer — disse Katherine. — Vou descer agora.
Quando abriu a porta dos fundos, o olhar da mulher foi penetrante e hostil. Katherine não falou.
— Conheci bem o seu pai, senhora, e tudo antes dele. Nunca causamos dano nenhum.
— Desculpe, mas não entendo por que queria me ver.

Um dos trabalhadores da fazenda passou enquanto falavam, e, de repente, Katherine se sentiu embaraçada por estar ali. Ele parou por um instante e as observou, depois, prosseguiu seu caminho.

— Peço que diga logo o que quer, estou muito ocupada.
— Seremos arruinados. Isso vai nos arruinar — disse a mulher.
— Não entendo.

Depois do jantar, quando Richard havia ido se deitar, contou a seu marido o que tinha ouvido. Um bloco de lenha crepitava na lareira, espuma exsudava e borbulhava na chama; os dois sentaram-se e observaram o fogo.

— Ela disse que vamos processá-los. Eles têm alguma terra que faz limite com a nossa, perto de Marshalstown. Sei quem é, não a reconheci de início, mas a conheci anos atrás. A sua família sempre foi muito pobre.

— Eles são uma tremenda amolação — disse Tom. — Anos e anos deixando o gado extraviar-se. Vou acabar com isso.

— Não há dúvida de que já os assustou o suficiente — replicou ela. — Acho que agora devemos deixar isso pra lá.

— Dessa vez vão ter de pagar.

— Eles são muito pobres. Sempre foram, e a situação hoje está tão difícil, não está? O chalé sempre esteve cheio de crianças.

— De qualquer jeito, vou levá-los ao tribunal — disse ele. A voz dele chegou-lhe do outro lado da sala mal iluminada como um baque surdo. De súbito, ela odiou essa voz.

— Não podemos fazer isso.

— Por que não? Nós vamos fazer.

— O gado se extravia na plantação de cevada. Isso é tão grave assim?

— Fazem isso todo ano. Acham que somos fáceis de enganar.

— São nossos vizinhos, como sabe.

— São maus vizinhos — disse ele.

— A mulher estava muito perturbada. Não quero levar o caso adiante.

— Vamos levá-lo.
— Apesar do que sinto.
— Sim, apesar de eu só ficar sabendo disso agora.
— Mas agora sabe o que sinto.
— Sei. — Atravessou a sala até a mesa e voltou com um jornal, que abriu e se pôs a ler.

Ela não estava dormindo quando Tom entrou no quarto, ela não se mexeu, mas quando ele percorreu o corredor para ir ao banheiro, ela se levantou, fechou a porta e apagou a luz. Quando voltou, Tom acendeu a luz de novo e Katherine permaneceu deitada imóvel. Ele tirava a camisa, sentado na beira da cama, quando ela se ergueu.

— Você apagou a luz? — perguntou ele.
— Sim, estou cansada, e a luz não me deixa dormir. — Ouviu-o tirar a camiseta e deixar os sapatos caírem no chão. Puxou o pijama de debaixo do travesseiro.
— Queria falar com você de novo sobre o processo contra os Kenny — disse ela. Ele atravessava o quarto para apagar a luz.
— Deixe a luz acesa — disse ela. Ergueu os olhos. Ele estava em pé no meio do quarto.
— Pensei que estivesse cansada.
— Quero que suspenda o processo.
— Por quê?
— Sempre mantivemos boas relações com nossos vizinhos.
— Por isso o incêndio, suponho — disse ele. Continuou no meio do quarto como se a qualquer momento fosse apagar a luz.
— Ninguém daqui fez isso. Os desordeiros eram da cidade — replicou ela.
— Ninguém sabe quem foi. Pode ter sido qualquer um.
— Isso já passou. Foi anos atrás. Você não estava aqui na época.
— Podemos passar sem alguns de nossos vizinhos — disse ele.
— E eles podem passar sem nós — riu ela. Ele fez o movimento de apagar a luz. — Não apague a luz, Tom. Não acabei. Quero que isso pare, entendeu? Não sei se fui clara. E se o meu pai estivesse vivo, ele também ia querer o mesmo.

— A terra é sua, é isso que está tentando dizer? Eu não tenho o direito de tomar decisões, é isso o que está tentando dizer?

— Você não entende este lugar.

— Você e seu pai obviamente não conheciam nada daqui tampouco. Não estou tão certo que haja muito mais a saber além do fato de que esta terra é nossa e de que não queremos nossos vizinhos a violando.

— Não acho que você algum dia tenha olhado para ela — disse ela.

— Eu a administro e tomarei as decisões que precisam ser tomadas.

— Sugiro que não leve nossos vizinhos ao tribunal em Enniscorthy. Acho que será um erro.

— Não se meta, Katherine.

OS DIAS FORAM SE tornando amenos e iluminados, uma última prorrogação antes do inverno. Ela saiu pelos fundos e percorreu o caminho até o rio; a alameda estava coberta de folhas mortas. A casa parecia sólida e pesada sob a luz da tarde de outono, angulosa no ar ameno. Quando viu Tom caminhando na sua direção sentiu medo por um instante, mas assim que percebeu o medo, tomou uma resolução inflexível e insistente.

— Já resolveu tudo? — perguntou ela assim que se encontraram.

— Katherine, não torne tudo tão difícil. — Ela virou-se e caminhou com ele de volta para casa.

— Não estou tornando nada difícil — disse ela. — Mandou-os suspenderem o processo?

— Não, não mandei.

— Então, eu vou mandar.

— Não dê tanta importância a isso. Não há motivo.

Nessa noite, quando ele se deitou, roçou nela e quando ela se afastou, ele a abraçou e beijou seu pescoço. Ela sentiu seu pênis enrijecido contra ela.

— Não, Tom, não — disse ela, e moveu-se para a beirada da cama. Ele virou-se e não disse nada. Logo ela percebeu, pelo ritmo de sua respiração, que ele havia adormecido.

O dia de se apresentar ao tribunal se aproximava e a mulher foi de novo à casa, esperando por ela na porta dos fundos. Esperou ali por dois dias seguidos até escurecer. Katherine continuava a trabalhar em sua sala; ficava feliz com a oportunidade de escapar quando dirigia até a cidade para buscar Richard na escola. Sentia a presença hostil da mulher quando retornava, sabendo que todos na casa também estavam cientes da mulher, e de porque ela estava esperando.

Pela primeira vez, quis que Richard ficasse com ela na sala; não se importou com suas perguntas — nem com seus modos desajeitados. Ela jogou com ele, dobrando um pedaço de papel e permitindo que ele desenhasse a metade de uma figura enquanto ela acrescentava a outra metade.

Quando ele subiu para a cama, leu uma história para ele, mas o menino a achou chata. Ela disse que lhe compraria um livro novo. Sentiu-se protetora, mas ele parecia pouco à vontade com ela. Ela desceu. Tom estava no escritório, fazendo contas.

— A mulher veio hoje de novo — disse ela.

— Sim, eu a despachei, e lhe disse que se a visse de novo aqui chamaria os guardas.

— Tomou uma decisão? — perguntou ela.

— O caso será ouvido na quarta-feira. Acho que ganharemos uma indenização alta. Todos os documentos foram encaminhados aos advogados.

— Se você levar isso adiante, eu vou embora. — Olhou para ele no círculo de luz lançado pelo abajur na mesa.

— Não faça ameaças — disse ele sem erguer os olhos.

— Avise-me se mudar de idéia — disse ela e voltou à sala de estar, onde sentou-se perto da lareira.

Ele tinha saído quando ela acordou na quarta-feira de manhã. Ao descer, encontrou Richard na cozinha, já tendo tomado seu café da manhã. Estava esperando uma vizinha que o levaria à escola.

— Sabe onde está o meu marido? — perguntou ela a Mary.
— Teve negócios a resolver na cidade. Saiu há meia hora mais ou menos.
— Ele disse quando voltaria?
— Só à noitinha. — Katherine percebeu que Mary sabia da audiência nesse dia.

Sentou-se à mesa do café com Richard até escutar o som da buzina. Então, saiu com ele para a manhã escura. Acenou quando o carro partiu. Ao voltar para a cozinha, notou que Mary a observava.

— Por favor, prepare a água quente, vou tomar um banho — disse ela.

— Acho que ainda está quente — disse Mary.

Katherine subiu para o banheiro frio e, enquanto a banheira enchia, se despiu e se examinou atentamente no espelho de corpo inteiro que haviam salvado da casa antiga depois do incêndio. Olhou para os seus seios, barriga e pescoço. Não viu nenhum sinal de seus trinta e dois anos; era como se tivesse sido congelada desde o casamento, como se a sua pele alva e as curvas de seu corpo tivessem se mantido, esperando alguma coisa. Seu marido também deve ter-se olhado no espelho e deve ter pensado em como estava mais velho, e como era um estranho nessa casa, e deve ter-se perguntado por que ela tinha se casado com ele.

Ter dormido demais e o ar úmido deixaram-na cansada, e não conseguia decidir o que fazer. Durante a manhã, não parou de esbarrar com Mary ou uma das garotas da cozinha, e teve de parar para pensar em como poderia evitá-las. Sentia-se aprisionada; se usasse o telefone, poderiam escutá-la na extensão. Ela foi para a sua sala no último andar da casa e tentou planejar como partiria.

Quando viu um Anglia subindo a alameda de automóveis, reconheceu o homem que fazia entregas da cidade. Percebeu como seria fácil. Desceu imediatamente para a cozinha e pediu uma carona para a cidade. Mary observava-a com curiosidade, quase criticamente.

Não levaria roupas. Partiria sem nada, exceto o passaporte e um pouco de dinheiro. Lá embaixo, encontrou as chaves do escritório. Ela sabia onde o dinheiro era guardado e pegou, sem contar, o que estava na gaveta. Notas grandes de dez libras irlandesas e algumas notas de vinte libras inglesas.

— Vou ter de fazer uma ou duas paradas no caminho — disse o entregador quando deu partida no carro.

— Não tem problema — replicou ela.

— Suponho que esteja indo ao tribunal — disse ele. — Acho que está indo para assistir ao julgamento. Deve estar no final. É um caso fácil. Eles, os Kenny — prosseguiu —, não valem nada, não se pode confiar em nenhum deles. São capazes de roubar os seus olhos se não estiver atenta. — Ele riu por um instante e repetiu: — É, é isso mesmo o que fariam.

Virou à direita, saindo da estrada principal e seguiu por uma alameda.

— Não vou me demorar — disse ao estacionar. Vários cães pastores dispararam da casa, latindo alto enquanto ele carregava uma caixa de mercadoria para a pequena casa caiada de fazenda.

Agora, ela estava presa ali. Poderiam passar por Tom na estrada. Imaginou seus olhares se encontrando. Tom fazendo um gesto para o entregador parar e ela tendo de sair como se fosse uma prisioneira, de voltar para casa como se nada tivesse acontecido.

Ela esperou. O entregador saiu com uma mulher de meia-idade, usando um avental. Ela protegeu os olhos contra o sol enquanto ele se aproximava do carro.

— Ela está com o chá servido — disse ele.

— Como?

— O chá está quente e a mesa está posta — disse ele. — E ela não vai aceitar um não como resposta. — A mulher à porta da casa olhava na direção deles.

— Receio ter cometido um erro vindo com você, o meu marido está me esperando. Eu devia ter explicado. — Katherine falou calmamente. Ele continuava do lado do carro. Ela repetiu: — Pode dizer à senhora que eu não tenho tempo, e obrigada?

O entregador não falou nada até estarem perto da cidade.

— Pois eu digo que é um caso bem fácil, senhora.
— Pode me deixar perto do hotel, talvez na ponte, está bem assim?
— Não vai ao tribunal? — ele pareceu desapontado. Atravessou a ponte e a deixou na porta do hotel.

Ela esperou no vestíbulo até achar que ele já tinha desaparecido. Arriscou sair para Templeshcannon e subiu passando pela fábrica de *bacon* e seguindo na direção da estação de ferro. A sua mente concentrou-se nas possibilidades. Esperaria pelo próximo trem para Dublin. Poderia esperar horas e horas se fosse preciso. Tom nunca pensaria em procurá-la ali. Poderia ir para o sul, para Rosslare. Mas não sabia se a balsa ainda fazia o trajeto, ou a que horas, e não queria perguntar na estação. Seria mais simples comprar um bilhete para Dublin. Era uma hora; o tribunal fecharia para o almoço, ela achava, e Tom iria para casa e descobriria que ela tinha partido, depois talvez notasse que o dinheiro havia sumido.

O letreiro na estação informava que haveria um trem para Dublin às duas e quarenta. Verificou se havia qualquer outra comunicação de horários das balsas para a Inglaterra, mas não havia nada. Teria de contar com o acaso.

O céu estava escurecendo sobre o rio. Katherine entrou e sentou-se na sala de espera, desejando que as próximas vinte e quatro horas passassem logo. Imaginou-as passadas, como se por um toque de mágica. Relembrou as vinte e quatro horas anteriores, pensou em como elas tinham parecido longas. Consultou o relógio. Tinham se passado somente cinco minutos. Saiu da sala e ficou na plataforma até o carregador surgir do escritório com o carrinho de pacotes.

Ela chegaria a tempo para o trem que a levaria à balsa Dun Laoghaire, ele disse. Ela estaria em Londres de manhã cedo.

O mar estava calmo naquela noite, o barco metade vazio. No trem pela Inglaterra ela tentou dormir, mas não tinha onde descansar a cabeça, e toda vez que pegava no sono, despertava sobressaltada. Mal podia esperar que a noite terminasse.

Ligou para a sua mãe de uma cabine na estação Euston. O telefone foi atendido imediatamente, apesar de ser ainda tão cedo, e a voz estava alerta e animada.

— Em Londres? Que maravilha, venha me ver.
— Esperava vê-la agora.
— Venha quando quiser. Vou adorar ver você. — Sua mãe não pareceu muito ansiosa. Não a convidou para ficar, mas falou como se Katherine quisesse simplesmente visitá-la e tomar um chá. Nas longas noites e na ansiedade das semanas anteriores, nunca havia pensado em como sua mãe receberia a notícia de sua chegada.

Pegou um táxi. Não se sentia mais cansada, mas precisava de um banho e uma muda de roupas. As ruas estavam claras na manhã cinzenta, a cidade ainda estava adormecida. Sua mãe abriu a porta, vestida como que para um grande evento.

— Conte-me tudo — disse ela.
— Vai ter de deixar eu ficar aqui.
— Você o deixou? Ah, ótimo, fico feliz por tê-lo deixado.

Katherine lavou-se e mudou de roupa. Sentaram-se em uma pequena sala que dava para o jardim, que captava toda a luz que vinha do sol. Sua mãe voltou várias vezes à história da mulher subindo a alameda para implorar a Katherine que não prosseguisse com o processo.

— Que pena que ela não veio com você! — sua mãe riu. — Uma grande vaca irlandesa assediando você. Estou tão feliz que tenha vindo.

Nos dias seguintes, Katherine começou a rir também.

— Como ela falava exatamente? — perguntou sua mãe, mas o esforço de Katherine para imitar o sotaque da mulher era tão irreal que sua mãe ria ainda mais, e queria que ela continuasse imitando.

— Fugiu da Irlanda na hora certa — disse sua mãe, revisando mais uma vez todos os detalhes da viagem.

Katherine não fez nenhum plano. Toda noite a sua mãe preparava um coquetel de vodca e vermute e contava histórias sobre a Blitz, ou saía para jogar pôquer com amigas, ou ia ao cinema.

Uma noite, convidou amigas para beber e jogar pôquer. Eram mulheres inglesas, todas elas na faixa dos sessenta e setenta, e beberam vários coquetéis antes de começarem a jogar.

— Foi o pôquer que nos ajudou a passar a guerra, querida — disse a mãe de Katherine, ao jogarem a primeira mão. Mais tarde, quando sua mãe saiu da sala, as senhoras conversaram entre si até uma delas se virar para Katherine e sorrir.

— Então, você é a amiga que veio da Irlanda — disse ela.

— Suponho que sim — replicou Katherine. — Não vejo minha mãe há alguns anos.

— Sua mãe? A sua mãe também está aqui?

— Esta é a casa da minha mãe. Eu sou sua filha. — De súbito, percebeu que não havia sido apresentada como a filha de sua mãe, nem tinha usado a palavra mãe na presença dessas pessoas.

— Você é filha dela? Não sabia que tinha filhos.

— Aí está ela. Pergunte-lhe.

Na cozinha, quando as convidadas haviam partido, Katherine perguntou à sua mãe por que ela tinha dito às amigas que não tinha filhos.

— Deixei tudo isso para trás.

— Parece engraçado ser rejeitada desse jeito.

— Sim, como sair do cinema, deixando tudo para trás, o grande filme.

— Não brinque.

— Katherine, não me diga o que fazer.

— Cheguei a existir para você?

— Saí daquele lugar e o deixei para trás. É o que você vai fazer, não é? O seu pai não viria. Não creio que tenha consultado o seu marido. Por falar nisso, ele ligou duas vezes hoje.

— Tom?

— Vai telefonar amanhã de novo. Eu disse que mantinha contato com você e que a avisaria.

— Diga-lhe que parti — replicou ela, e se afastou.

Barcelona:
Um Retrato de Franco

— PODERÍAMOS CHAMÁ-LO DE região do exílio — disse Michael Graves, enquanto o garçom vertia mais xerez em seu copo. — Deveríamos pôr uma tabuleta. Sabe a palavra irlandesa para exílio?
— Por favor, me diga — replicou ela.
— *Deoraí.*
— Que interessante.
— Talvez, mas sabe o que significa?
— Não.
— *Deor* significa lágrima e *deoraí* alguém que conheceu as lágrimas.
— Não vejo nenhum sulco profundo nas suas bochechas — disse ela.
— Isso é porque, assim como você, não sou realmente um exilado, e sim um emigrante. Deliciado por ter partido. Um grande país de onde emigrar é o nosso. "Depois deste desterro..." — começou a entoar.
— O que é isso?
— É uma oração. "Salve Rainha Mãe de Misericórdia. Vida doçura esperança nossa. A vós bradamos os degredados filhos de Eva. A vós suspiramos, gemendo e chorando neste vale de lágrimas..." É o que se diz no final do Rosário. Sabe o que é um Rosário?

— Uma oração.
— Exato. É uma oração.
Falou com um desembaraço gozador em que ela não tinha reparado antes; insistiu em uma familiaridade que ela ainda achava desconcertante. Mesmo agora, enquanto falava, como que escarnecendo dela, ela não conseguia excluir a possibilidade de que, se esse Michael Graves fosse embora e os deixasse em paz, acolheria a sua partida com sentimentos mistos. Tinha se acostumado com o seu rosto, amarelo e encovado, como uma maçã esquecida ao sol. Miguel também se afeiçoara a ele. Gostava de estrangeiros, disse-lhe certa vez, acrescentando que ela também gostaria se tivesse vivido em Barcelona por dez anos. Ela tinha tentado lhe dizer que havia outros estrangeiros disponíveis, se ele se cansasse daqueles com que estava, mas ele não entendeu.
— Quantos drinques tomou com Miguel antes de se encontrar comigo esta noite?
— Cinco — disse ele.
— Cinco o quê?
— Cinco drinques.
— O que havia neles? — perguntou ela.
— Miguel pediu-os. Miguel ofereceu-os. Eu sou a parte inocente.
As pinturas de Miguel cobriam as paredes. Tinha trabalhado duro por semanas, finalizando telas que havia posto de lado, tentando recuperar pinturas que havia feito anos antes e começando novas. Nessas últimas semanas, passara a noite inteira pintando num canto do ateliê de Ramon Rogent, em Puertaferrisa. Seus olhos perdiam o brilho, Katherine percebeu, quando qualquer coisa que não a sua exposição era mencionada. Havia observado Michael Graves tornar-se amigo e conselheiro de Miguel, dizendo-lhe, em seu espanhol capenga, o que ele devia fazer com as pinturas, como devia emoldurá-las, se devia envernizá-las, e quais descartar. Todo dia, em algum momento, Michael Graves apare-

cia. Se chegasse no fim da tarde, ficaria bebendo e conversando enquanto tivesse companhia; mas às vezes aparecia de manhã e desaparecia por volta da hora do almoço. Ele morava em uma *pensión* no Barrio Chino. Era barato, disse ele, e gostava da atmosfera. Não sabiam nada a respeito dele; por que estava ali, quanto tempo pretendia ficar nem o que fazia do seu tempo. A sua cabeça estava cheia de informações de livros que lera e pessoas que conhecera. Certo dia, levou-lhes uma pilha de seus desenhos de cenas no Barrio Chino. Os alunos todos ficaram impressionados. Ramon Rogent quis comprar um deles.

Nessa tarde, ela o levou a um dos bares no mercado, afastado das Ramblas. Ele parecia nervoso e esgotado.

— Talvez eu não devesse ter mostrado os desenhos — disse ele.

— Todos acharam que são muito bons — replicou Katherine.

— Tenho uma aptidão básica, é disso que Rogent gostou, a coisa inata, a coisa com que se nasce. Não sei quanto cobrar pelos desenhos. Preciso do dinheiro.

— Ele não é rico.

— Preciso vender mais de um desenho. Estou sem dinheiro nenhum. Do contrário, ficaria com eles.

— Não tinha dinheiro antes de vir para cá? — perguntou ela.

— Tinha, mas gastei. Preciso de algumas encomendas.

— Quer um dinheiro emprestado?

— Quero.

— Quanto?

— Isso e mais um pouco. — Pôs a conta da *pensión* sobre a mesa. Não era alta.

— Posso lhe dar isso amanhã.

— Preciso disso hoje. Eles, na *pensión,* estão com o meu passaporte, e se eu não pagar hoje, chamam a polícia.

— Vamos ao banco.

— Vou pagar de volta — disse ele. Ela ficou surpresa com a calma dele.

Certo dia, na semana anterior à exposição, um homenzinho apareceu no ateliê de Rogent e levou todas as telas que estavam prontas. Rogent e Miguel o chamaram de Jordi Gil. Michael Graves, que não gostava dele, chamou-o de Shylock e fez imitações dele esfregando as mãos uma na outra, com júbilo, ao ver dinheiro. Michael foi ao British Institute e se inscreveu na biblioteca para retirar *As obras completas de Shakespeare*, das quais fez Katherine ler *O mercador de Veneza*. Escalou-a para o papel de Jessica, a filha de Shylock. "Sente-se, Jessica", dizia sempre que tinha oportunidade, "veja como o chão do paraíso está incrustado de padrões de ouro brilhante."

Às vezes, ele a aborrecia. Ela achava que sua antipatia por Jordi Gil era irracional. Ela voltou ao seu livro de gramática e à sua janela na *pensión*, às caminhadas pelo Barrio Gótico, às refeições solitárias no restaurante do Hotel Colón, às visitas à Plaza San Felipe Neri.

As aulas de pintura com Ramon Rogent lhe propiciaram um ponto de convergência. Saía para comer ou para um drinque com quem estivesse livre; Miguel estava preocupado com a exposição, não estava preocupado com ela.

A exposição era importante. Haveria um grande *vernissage* na galeria, com reproduções em cor no catálogo. Os preços seriam altos, a galeria era boa. Jordi Gil dera um adiantamento a Miguel. Se fossem vendidas muitas telas, Miguel disse que gostaria de ir viver nos Pirineus. Certa manhã, ela ficou deitada no quarto que ele mantinha no apartamento de um amigo em Gracia. Achou que ele passaria o dia fora. Permaneceu no quarto escurecido preocupada com a possibilidade de estar grávida: tinham feito amor à noite sem usar um preservativo. Tinham assumido o risco. Ela teria de tomar, em breve, uma decisão em relação a Miguel.

Ele voltou ao quarto e apoiou as mãos na grade de ferro ao pé da cama.

— *Quieres venir conmigo para vivir en un pueblo del pirineo?*
— Ela traduziu para si mesma sussurrando. *Quer vir e viver comigo em um povoado nos Pirineus?* Enroscou-se por um momento e virou a cabeça na direção da parede. Deixou o silêncio continuar. Dali a pouco, ergueu-se na cama e olhou para ele. Suas mãos continuavam segurando a grade.

— *Si* — disse ela. O lábio dele franziu-se como se achasse graça. Ele saiu. Ela lembrou a si mesma que poderia partir quando quisesse.

RAMON ROGENT ENSINOU-A a usar o preto para delinear como se o pincel fosse um lápis. Ensinou a primeiro desenhar o que ia pintar, usando a tinta óleo preta. A partir daí, os problemas eram o peso e a textura. Ensinou-lhe que a luz era uma forma de peso. Mostrou-lhe como Picasso fazia a pintura parecer uma escultura, dando a cada cor um peso em sua aplicação, como se fosse uma massa. Mostrou-lhe reproduções de Matisse e Dufy, e ilustrou como tinham usado a tinta preta para traçar as linhas, e, então, a cor para firmar o peso e a textura. Ela voltava todo dia e trabalhava nisso.

Rogent estava trabalhando em um grande quadro chamado *A cadeira de balanço*, usando uma modelo com um vestido estampado de flores sentada em uma cadeira de balanço, com a janela aberta para uma sacada. Ele mostrou-lhe os esboços que tinha feito da pintura, como planejara que o mesmo rosa aparecesse no rosto e nos braços da mulher, no edifício ao fundo, lá fora, e como pontinhos no vestido da modelo. Mas a força da pintura emergiria do uso do preto para as linhas e sombras. Rogent trabalhou o preto repetidamente. Ensinou-a como usar preto.

Michael Graves continuou inquieto com o que ela estava aprendendo. Devia aprender a desenhar com o lápis, defendia ele, não fazer marcas falsas com óleo preto e texturas pretas com cores falsas. Ele levou seu caderno de esboços um dia em que foram a Tibidabo e ela passou a tarde observando-o desenhar Barcelona, lá embaixo, com o mar mais além. Desenhava com uma espontaneidade que ela nunca imaginara possível. Ele era um desenhista muito superior a Miguel e Rogent.

— Onde aprendeu a desenhar desse jeito?
— Eu sempre soube. Simplesmente pratiquei e desenvolvi. Trabalhei isso. Você também devia trabalhar isso, em vez de aprender como pôr borrões na tela.
— O que fazia antes de vir para cá?
— Pouca coisa. Era professor. Trabalhava em um hospital.
— De que parte de Enniscorthy você é? — Ela tinha tentado perguntar-lhe isso antes, mas ele se esquivara de responder. Dessa vez, respondeu naturalmente.
— Conhece a casa de Frank Roche, Slaney Lodge?
— Sim, é claro que sim.
— Há quatro casas geminadas logo em frente. Nasci em uma delas.
— São muito pequenas.
— Sim, para você seriam muito pequenas. — Olhou para ela com seus grandes olhos verdes. Ela notou a gozação, a amargura, a ironia. Ela acendeu um cigarro.
— Por que não fuma? — perguntou ela.
— Meus pulmões — disse ele.
— O que há de errado com os seus pulmões?
— Não estão em boa forma.
— Por quê?
— Tuberculose — disse ele.
— Há quanto tempo tem tuberculose?
— Há anos.
— Esteve internado em hospital?
— Eu estava no hospital.

— Por quanto tempo?
— Já leu um livro chamado *A montanha mágica?* — perguntou ele.
— Não — respondeu ela.
— Era como *A montanha mágica*, só que morria mais gente. Quase todo mundo morria. Eu não morri.

Segurou a mão dela por um momento e chegou para mais perto de onde ela estava sentada, sobre a relva. Descansou a cabeça em seu ombro.

— Há quanto tempo você tem tuberculose? — perguntou ela. Ele não respondeu. Pôs, delicadamente, a mão sobre o seio dela e a deixou ali.

— Michael, Michael — murmurou ela. Ele não se moveu.
— Quero ir — disse ela. — Por favor, não. — Ela tirou a sua mão e a segurou. Caminharam em silêncio para o bonde na tarde quente.

ELA NÃO ESPERAVA VER nada familiar nessa cidade estranha, de modo que quando relanceou os olhos pela galeria e viu as telas de Miguel penduradas nas paredes, levou um choque. Por um instante, foi como visitar sua terra, ou como ver a letra de alguém em um novo contexto. Tinha se esquecido dos preparativos frenéticos para a exposição.

Quando entrou, ficou decepcionada, como sabia que ficaria. Tinha gostado somente do trabalho acadêmico de Miguel — as naturezas mortas, os retratos. Isso, ela sentiu, era surrealista demais: havia imagens demais, declarações demais. Grades de prisões transformadas em cobras, braços de homens transformados em rifles; havia caixões.

Tinha escutado os argumentos de Miguel com Rogent sobre pintar e tinha reparado na diferença entre eles. Rogent falava de cor e forma, falava de beleza, falava de usar a tinta quase que pela própria tinta. Miguel acreditava que as pinturas deviam declarar algo, deviam contar a verdade, deviam ser assertivas. Miguel admirava Goya por seu *Três de Maio*; Ramon admirava Goya também por seus retratos de cortesãos. Suas opiniões eram tão definidas e tão díspares que Katherine não teve nenhuma dificuldade em compreendê-las. Tampouco foi-lhe difícil ficar do lado de Ramon Rogent. Sentiu isso nitidamente ao mover-se pela galeria.

DURANTE TODA A SEMANA houve uma tensão em relação ao retrato de Franco realizado por Miguel, que ele iniciara vários anos antes. Ele desapareceu por um dia com a tela e quando voltou ao estúdio de Rogent não permitiu que ninguém o visse. Esvaziou um espaço no canto e trabalhou a noite toda, garantindo que ninguém tivesse a mais vaga noção do que estava fazendo. Katherine entendia a tensão, sabia por que os alunos ficavam em volta e por que Rogent estava tão nervoso. Miguel estava pintando Franco.

A mulher de Rogent, Montserrat, estava no ateliê naquela noite e tentou explicar qual era o problema para Katherine, mas ela não entendia o que a outra dizia; simplesmente assentia com a cabeça. Por fim, Rosa, que parecia ser a assistente de Rogent, voltou, e Katherine pôde lhe perguntar qual era o problema.

— O quadro quer insultar Franco — respondeu Rosa.

— É por isso que todos estão tão preocupados? — perguntou Katherine.

— Se a polícia o vir, ele será preso.

— Miguel?

— Sim, e se a polícia descobrir isso aqui no ateliê de Rogent, ele também será preso.

— Mas esse quadro não é para a exposição? — perguntou ela.

— Miguel quer mostrá-lo na exposição, mas... — Rosa fez um gesto como se cortasse a garganta.

De manhã, Rogent ainda estava lá. A barba loura despontava em seu rosto fino. Montserrat tinha ido embora, mas Michael

Graves aparecera e estava do lado de Miguel, diante do cavalete. Somente Michael Graves havia sido autorizado a ver a pintura. Quando a viu, atravessou o ateliê correndo.

— Ele é um gênio, o seu marido. Eu sei que não é seu marido, mas é um gênio.

Rogent quis saber o que estava acontecendo. Parecia perturbado. Michael Graves balançou os ombros, como se não pudesse entender. Virou-se para Katherine.

— Miguel me mandou lhe dizer que a tela chama-se *A morte de Franco* e mostra Franco morto em um caixão. Há um rato enorme comendo-o e pedacinhos dele sendo comidos por vermes. É uma pintura fenomenal. É fantástica.

— Mas ele não pode fazer isso — disse ela.

— Por que não? É claro que pode.

— Ele será preso.

— Quem vai prendê-lo?

— A polícia.

— Sou eu que vou prendê-lo se ele não terminá-la — disse Michael. — O seu marido é um gênio.

— Estamos na Espanha, haverá problemas — disse ela.

— Que haja, já é hora de haver problemas — replicou ele.

QUANDO MIGUEL SENTIU-SE cansado demais para prosseguir o trabalho, Michael Graves ficou, como um galgo magro, tomando conta da pintura. Seus olhos verdes fixavam-se em qualquer um que entrava no ateliê, como se fosse mordê-los, se se aproximassem. Virou a cadeira e sentou-se com os braços apoiados no encosto de madeira. Quando Miguel voltou, conversaram um pouco. Michael Graves irritava Katherine; ela não fazia a menor idéia de como ele e Miguel conseguiam se comunicar; Miguel não falava nada de inglês e o espanhol de Michael era rudimentar. Ainda estavam conversando quando Ramon Rogent entrou no estúdio acompanhado de Jordi Gil. Gil gritou imediatamente algo a Miguel.

Soou como uma ordem; falou em catalão. Miguel caminhou na direção dele, Katherine reparou em seus punhos fechados com força. Pôs-se a gritar. Rogent não disse nada. Estava lívido.

Miguel chegou tão perto que Gil teve de recuar alguns passos. Ele apontou o dedo para ele e o cutucou no peito. Os dois gritavam em catalão. Gil continuou apontando para o quadro no fundo da sala. Katherine aproximou-se de Rosa e perguntou o que estavam dizendo.

— O sr. Gil diz que não vai incluir esse quadro na exposição. Miguel diz que tem de ser incluído — disse ela.

Michael Graves dirigiu-se a Rosa.

— Como vocês dizem "covarde"? — perguntou ele.

— *Cobarde* — respondeu ela.

— *Cobarde*, soa lógico — disse ele. Dirigiu-se a Gil. — *Cobarde* — disse ele. — *Cobarde* — repetiu. Curvou-se de modo a ficar tão pequeno quanto Gil e encostou sua cara na dele.

"Cobarde", disse mais uma vez.

O rosto de Gil ficou rubro; ele parecia que ia explodir. Falou calmamente com Rogent e, depois, dirigiu-se à porta. Miguel e Rogent acabaram se juntando a Gil e os três saíram para a rua.

Michael Graves reassumiu a sua posição de guarda da pintura, e Rosa sentou-se na frente dele com um lápis e um bloco e se pôs a desenhá-lo guardando a pintura. Ela disse que Rogent estava preocupado com que um dos estudantes fosse à polícia e informasse sobre Miguel. Disse que era impossível saber de que lado as pessoas estavam, até mesmo os catalães. Michael Graves disse que iria à polícia se o quadro não fosse exposto. Rosa usou lápis diferentes no esboço, para criar efeitos diferentes. Michael Graves parecia estar gostando de ser desenhado e ficou o mais imóvel possível guardando a pintura de Franco.

— Você vai ter de parar de se comportar como uma criança — disse-lhe Katherine.

Quando Katherine saiu para procurá-los, não estavam na galeria nem em nenhum dos cafés naquela rua. Foi ao bar na Plaza del Pino para tomar uma cerveja e comer um sanduíche, e se deparou com os três sentados lá. Gil estava anotando uma lista de nomes. De vez em quando, um deles dizia um nome e todos riam — às vezes, esse nome era acrescentado à lista, outras vezes não.

Miguel explicou a ela que havia feito um acordo com Gil. Concordara em não incluir a tela na exposição, se Gil aceitasse pagar uma festa independente na noite anterior ao *vernissage*, quando então a pintura seria exposta. Estavam preparando a lista dos que seriam convidados e era importante nenhum deles ser fascista, ou um espião, disse Miguel.

A MAIOR PARTE DOS convidados, no entanto, não apareceu. Quando Gil discursou, a pequena audiência riu das constantes interjeições emitidas por Michael Graves. O quadro foi descoberto, garrafas de champanhe foram abertas e Katherine sentiu que as pessoas ficaram decepcionadas com a tela, achou que não chegou a chocar os poucos estudantes e artistas presentes.

Jordi Gil encheu o copo de todos com champanhe. Katherine aproximou-se e examinou a tela. A face não estava fiel; ela não teria reconhecido o homem como Franco, esta era a primeira falha. No entanto, achou bom o senso de algo podre. O rato era assustador; o rabo deixava-se ficar sobre o rosto como dentes comendo o ombro aos pouquinhos. Rogent viu-a olhando a tela e se aproximou. Perguntou se ela gostava. Quando ela respondeu não, que não gostava, ele concordou.

Ela disse-lhe que gostava das aulas e riu quando ele disse que ela era a sua melhor aluna. Disse que devia se esforçar e levar a sério a pintura, que devia trabalhar com afinco. Os dois relancearam os olhos para Michael Graves, que estava com os braços em torno de Jordi Gil e cantava. Katherine perguntou a Rogent o que ele achava dos desenhos de Michael Graves.

— Seus desenhos são maravilhosos — disse ele. Rogent observou-o cantar. — Mas está mais interessado na vida do que em pintar. — Katherine notou que Miguel estava olhando do outro lado da sala; ela sorriu e ele piscou de volta.

No VERNISSAGE OFICIAL, na noite seguinte, foram vendidas telas o bastante para Jordi Gil ficar satisfeito, para a rixa ser esquecida. Katherine ficou com Michael Graves quando o público começou a diminuir. Miguel foi até eles e contou que Gil lhe dera mais dinheiro e tinha reservado uma mesa grande no Barceloneta.

A noite estava quente. Foram de táxi até a estátua de Colombo, de onde podiam ver os navios no porto, e então viraram à esquerda em direção à estação; depois, desceram passando pelos armazéns até Barceloneta. Miguel mandou o táxi parar antes de chegarem ao restaurante e foram a um bar na esquina de uma das ruas estreitas.

Miguel e Michael Graves pediram *absenta* como aperitivo; Katherine pediu cerveja. Era a segunda noite seguida que passava bebendo e Katherine achou que não agüentaria continuar bebendo. Mal tinha tocado na cerveja quando Michael Graves pediu outra rodada. Ela disse a ele para não beber tão rápido. Miguel disse que parasse de falar em inglês, já que ele não podia entender. Katherine repetiu em espanhol o que tinha dito, e ele replicou que a culpa era dela, que estava bebendo devagar demais.

No restaurante, os outros estavam esperando. Pediram uma *paella* e vinho branco. Michael Graves disse que queria vinho tinto; Miguel assentiu, disse que também queria vinho tinto. Depois da refeição, tomaram várias doses de conhaques e ficaram à mesa quando os outros foram embora, saindo do restaurante para o bar em que haviam estado antes. A essa altura, Katherine já se deliciava com a bebida, mas Miguel e Michael Graves estavam embriagados demais para que ela pudesse acompanhá-los. Por volta da meia-noite, o bar estava fechando e tiveram de sair.

Atravessaram Barceloneta e seguiram a pé para a cidade, atentos a qualquer bar aberto no caminho. Ela ouviu Miguel contar a Michael Graves uma história sobre seu tempo na prisão; não conseguiu acompanhar o que dizia. Michael Graves assentia com a cabeça, mas ela duvidava que estivesse entendendo. Na Via Layetana, encontraram um bar aberto.

Ela perdeu a conta de em quantos bares entraram. Às três da manhã, estavam perto das Ramblas e Michael Graves disse que há anos não se sentia tão sóbrio, ele precisava beber mais. Miguel tentava falar em inglês e Michael Graves ensinou como dizer "preciso beber mais". A noite ainda estava quente enquanto subiam as Ramblas na direção da Plaza Cataluña; a rua estava sendo lavada com mangueiras. Passou um táxi. Miguel assobiou. Quando ele parou a uma certa distância, correram em sua direção. Miguel falou com o motorista; dava a impressão de não saber aonde queria ir e o motorista parecia inseguro, porém, dali a pouco, o táxi deu a partida em direção à Plaza Cataluña e à universidade. Katherine perguntou a Miguel o que estavam dizendo.

— *Lo pedí que nos lleve a un bar o a cualquier lugar que no sea bordelo ni tampoco muy caro* — disse ele, e ela explicou a Michael Graves que o motorista do táxi estava levando-os a um bar que não era nem um bordel nem muito caro.

— Ótimo — disse ele. — Estou contente por estarmos indo a um bordel.

— Não — disse ela —, não vamos a um bordel.

— Sim, eu sei. Estou ouvindo. Entendi o que Miguel estava dizendo.

O táxi parou em uma rua deserta, na entrada de uma garagem no subsolo. O motorista do táxi disse a Miguel que havia um bar na garagem. O táxi partiu e deixou-os na rua escura encarando o edifício escuro e vazio. Entraram na garagem, mas nem sinal de algum bar, somente uma pequena porta à esquerda, possivelmente uma entrada lateral do edifício. Miguel tentou a maçaneta e recuou com um susto quando a porta se abriu e duas pessoas saíram, passaram por eles em direção à rua. Meteu a cabeça pela porta entreaberta e se deparou com um bar, exatamente como o motorista de táxi prometera. Fez um sinal para que os outros o seguissem.

Assim que se sentaram, receberam um cardápio; o lugar estava metade cheio; tocava alto uma música. Katherine olhou em volta, mas não descobriu nenhuma outra entrada a não ser aquela por que acabavam de passar. Ocorreu a Katherine que quase todas as mulheres pareciam prostitutas. Michael Graves propôs que pedissem sanduíches e cerveja gelada. A cerveja os acordaria, disse ele. E quando a cerveja acabasse, planejara, tomaria conhaque e café.

Miguel começou a falar o que fazer com o retrato de Franco, que ele tinha levado de volta ao ateliê de Rogent. Tinha prometido tirá-lo de lá. Michael Graves propôs que o postasse para Franco. Ou, quem sabe, para a esposa dele.

— Qual é o nome da mulher dele? — perguntou a Miguel, mas este estava tentando chamar a atenção do garçom. Michael Graves notou as pessoas no compartimento de trás, que pareciam homens de negócios e suas namoradas, e perguntou:

— *La esposa de Franco, cómo se llama?* — Eles pareceram hostis imediatamente, percebeu Katherine. Segurou o pulso de Michael e mandou que parasse.

A LUZ VAGA DO AMANHECER ocupava o céu do porto. Ramblas estava deserta. Eram cinco horas da manhã. Em meia hora, os bares no mercado seriam abertos, mas por enquanto não havia aonde ir, a não ser voltar ao estúdio de Rogent, para ali decidir se iriam para casa ou continuariam a beber. Miguel continuava falando sobre o seu retrato de Franco e como queria dá-lo de presente ao Museu de Arte Moderna. Michael Graves queria descê-lo imediatamente e deixá-lo nos portões do museu.

Katherine estava cansada, mas a sua cabeça estava acelerada por causa de todos os cafés duplos que haviam tomado na garagem. Quando, no ateliê, Miguel se pôs a embrulhar a tela, ela primeiro supôs que fosse levá-la para seu apartamento. Michael Graves perguntou se ele ia realmente deixá-la nos portões do Museu de Arte Moderna. Miguel disse que não, que a deixaria na Plaza San Jaime — lá, causaria mais impacto —, o edifício da polícia era de um lado e o edifício municipal do outro. Continuou a embrulhar a tela.

— *Peró siempre hay policía por ahí* — disse Michael Graves. Katherine concordou. Miguel disse que queria apoiar o quadro contra a porta principal do prédio da polícia. Não haveria policiamento nenhum às cinco da manhã.

HAVIAM PASSADO PELA entrada dos claustros da catedral quando viram dois policiais vindo na direção deles. Miguel estava carregando a tela, Katherine e Michael Graves estavam conversando, cada um de um lado seu. Nenhum deles parou, nem mesmo hesitou; passaram direto pelos policiais. Miguel tentou sussurrar que não eram Guardia Civiles, eram simplesmente da milícia local, e que não havia problema. Os policiais pareciam de alguma maneira ter concordado em detê-los e fizeram perguntas.

— *Donde ván?* — perguntou um deles. Os dois policiais eram de meia-idade.

— *A coger un taxi* — respondeu Miguel.

— *Qué es eso?* — disse um policial apontando para a tela, embrulhada em papel pardo. Miguel respondeu que era um quadro, que ele era pintor e que os dois eram amigos irlandeses. Os policiais olharam para Katherine e para Michael Graves.

Só faltava pedirem para ver o quadro. Embora a figura não se parecesse com Franco, era obviamente um militar. Katherine de repente sentiu frio, como se não estivesse agasalhada o suficiente. Os policiais permaneceram diante deles, examinando-os, observando seus olhos. O sino da catedral bateu cinco e meia. Os policiais não se mexeram. Katherine pensou na Plaza San Felipe

Neri, apenas alguns metros adiante, como era tranqüila, como estava protegida.

Um dos policiais não parava de olhar para ela. Ela tentou pensar na letra de uma canção, ou um poema, algo em que se concentrar. O outro policial pôs o pé sobre o pé de Miguel e pisou com força. Miguel não se mexeu.

— *Tu eres catalan, verdad?* — perguntou.

— *Si* — replicou Miguel. O policial continuou a pisar com força o pé de Miguel. O seu companheiro continuou encarando Katherine.

Eles não ficarão velhos como nós que envelhecemos
A idade não os cansará nem os anos condenarão
Ao pôr-do-sol e de manhã
Nós nos lembraremos deles.

Ela recitou as palavras para si mesma várias vezes, para manter a mente distante do que estava acontecendo. Podiam escutar os pombos nos muros de pedra da catedral e o som remoto de um carro, e nada mais. O policial retirou o pé e encarou Miguel, desafiando-o a se mover. Então, repentinamente, aparentemente sem combinarem nada, os dois policiais seguiram seu caminho. Katherine teve medo de olhar para trás, de se certificar de que tinham ido realmente. Ninguém falou. Os três subiram a rua em direção à praça em silêncio. Miguel estava pálido. Katherine disse que queria ir para casa. Miguel disse que deviam virar e descer em direção à Via Layetana.

Quando eles chegaram à praça, viram que as duas portas imensas do edifício da polícia estavam fechadas e não havia nenhum policial do lado de fora. Katherine sabia que Miguel era bom o bastante para fazer o que ele estava pretendendo — atravessar a praça e colocar a pintura ali —, mas ele não fez isso. Eles viraram para a esquerda, em vez de seguir para a Via Layetana, e retornaram ao ateliê.

Pallosa

Depois de oito horas no ônibus, chegaram. Katherine perguntou várias vezes a Miguel se já estavam chegando. O ônibus havia feito outra curva na subida íngreme e interminável e seus ouvidos tinham estalado; alguns minutos depois, Michael Grave virou-se para dizer que seus ouvidos também tinham estalado.

O ar estava frio em Llavorsi, como se fosse o começo da tarde. Era como se tivesse se adicionado gelo ao ar. E havia o som, um som que se tornaria constante, dia após dia, o som da água correndo, caindo pela rocha. Llavorsi era o mais alto que se podia chegar; para ela, era impossível existir algum lugar ainda mais acima.

Descansaram apoiados contra um muro baixo, enquanto Miguel foi procurar o homem que, ele esperava, lhe alugaria uma casa. Eles tremiam de frio.

— Vamos ter de comprar roupas de inverno — disse Katherine a Michael Graves.

— Está maravilhosamente frio — disse ele. — Não há umidade nenhuma. É seco. É bom para os pulmões.

— Sabe onde fica essa casa?

— Acho que fica a uma boa distância daqui. Mais no alto.

— O que significa que estará ainda mais frio.

— Acho que fica bem distante — disse Michael.

— Você vai ficar? — perguntou Katherine.

— Até minha presença não ser mais bem-vinda e, então, retornarei a Barcelona.

— É uma boa desculpa. Quando espera que a sua presença deixe de ser aceita?

— É difícil lidar com você. Não sei se entende isso. O seu marido é muito mais simples — disse ele e os dois riram quando ela contrapôs de imediato: "Ele não é meu marido."

— O que vai fazer em Barcelona? — perguntou ela.

— Me ofereceram trabalho como professor. Eu dava aulas na Irlanda.

— Por que deixou a Irlanda?

— Eu estava farto — disse ele. — Estava farto da Irlanda — ele riu.

— Falo sério, Michael.

— Falando sério, se você conhecesse alguma coisa do país, não me perguntaria por que parti.

UM JIPE DOBROU A esquina com um homem local na direção e Miguel no banco do lado. O motorista não se mexeu quando Miguel saltou e abriu as portas de trás, para que ali pusessem a bagagem. Entre o polegar e o indicador, balançava um molho de chaves, muitas das quais grandes e enferrujadas. Michael e Katherine sentaram um de frente para o outro, na parte de trás do jipe. Miguel sorriu largo para eles quando o jipe deu a partida.

A estrada era estreita. Havia um rio pequeno abaixo de uma ribanceira íngreme e, por toda a parte, a sensação de uma vegetação verde luxuriante, a terra úmida dos Pirineus de súbito tornando-se real. Michael Grave ajoelhou-se, olhando pela janela, os cotovelos apoiados no banco. Ela ajoelhou-se do lado dele.

Recomeçaram a subir. A estrada tornou-se uma trilha empoeirada, sulcada na pedra. Lá embaixo, um vale de campos e florestas. Uma vez tendo atravessado o primeiro vilarejo, pareceu mais uma vez impossível que pudesse existir qualquer habitação em uma altitude maior. O jipe estava realmente tendo dificuldades com a trilha e estacou várias vezes.

Agora sim, ela pôde realmente ver como haviam subido: não somente por causa do frio, mas também por causa da forma da rocha e da descida íngreme ao vale, até mesmo as montanhas pareciam, à distância, mais baixas. O tempo todo, Michael Graves apontava coisas para ela: a rocha marrom da montanha, o azul forte do céu, os caminhos de neve nas planuras à distância, o verde claro do pasto e o verde mais escuro das árvores aqui e ali nos campos ou em longas fileiras.

De repente, Miguel apontou para alguma coisa em cima do jipe e Michael Graves berrou: "Veja, é uma águia!", e, excitado, pegou a mão de Katherine. A águia pairava no ar, enorme, preta e cinza, a nove metros aproximadamente da trilha quando o jipe fez a curva. Michael Graves e Katherine olharam para trás e viram a águia pairando como um pedaço de papel lá no alto.

Michael Graves perguntou a Miguel se ele já estivera ali antes. Miguel respondeu que tinha passado vários meses em Pallosa dez anos atrás. Depois da guerra civil.

— *El pueblo está abandonado* — disse ele. Agora havia apenas três ou quatro famílias e cerca de trinta casas, todas em bom estado. A sua casa tinha água corrente, mas não tinha eletricidade.

— *Es grande la casa que hemos alquilado?* — perguntou Katherine. Sim, era grande. Teria de retornar com o motorista para buscar suprimentos tais como velas, comida, cobertores e alguns móveis, e estaria de volta mais tarde. Disse que pagara um ano de aluguel adiantado.

Perguntou a ela se ficaria com ele por um ano. O motorista e Michael Graves escutaram. Ela não pôde responder. Ela olhou pela janela; passavam por outro povoado, menor. Ele repetiu a pergunta. Ela não sabia bem se ele estava brincando.

— *Vas a quedarte conmigo un año?* — Ela olhou para ele, francamente.

— *Sí* — respondeu ela.

Continuavam a subir. A estrada se tornava cada vez menos sinuosa. Agora, em vez de rocha, havia tufos de grama à esquerda e a descida ao vale do outro lado era mais suave. Era como se tivessem chegado ao fim da terra, como se a paisagem tivesse se encerrado, e esse fosse o cume do mundo.

— *Está muy lejos?* — perguntou ela, e ele respondeu não, não estava longe, estavam quase chegando. Viajavam havia mais de nove horas; o sol estava baixo e brando.

O povoado estava protegido sob o cume em um ligeiro declive; estendia-se para além de uma igreja de pedra e uma rua estreita de casas em direção ao vale. As casas haviam sido construídas com a pedra marrom amarelada das montanhas e a rocha atrás da aldeia não tinha vegetação, de modo que, de início, foi difícil divisar algumas das casas. Uma mulher conduzindo vacas pelo povoado virou-se quando viu o jipe e, então, prosseguiu seu caminho. O jipe moveu-se lentamente atrás dela. Quando Katherine perguntou a Miguel qual era a casa deles, ele apontou para o fim da rua.

A CASA PARECEU extremamente pequena, com apenas uma porta, uma janela e uma sacada. Dava a impressão de ser a menor e mais pobre da aldeia; algumas das outras tinham três e quatro andares e janelas enormes. Dentro, no entanto, era muito maior. Havia uma sala com uma sacada e uma cozinha depois. No fim do corredor havia uma sala comprida com duas janelas que davam para o vale. Mais afastado, havia um banheiro e mais um quarto.

Andaram pela casa sem falar. Foi Michael Graves que descobriu a sala comprida no final do corredor e levou-a para ver. Ela entrou no banheiro e puxou a corrente da descarga.

— Está funcionando — disse ela. — A casa é maravilhosa. — Ela ergueu a persiana de uma das janelas e saiu para a pequena sacada.

A igreja ficava à direita. Além do grande vale, estavam as montanhas cobertas de neve; o vale escurecia à medida que a noite caía. As pequenas colinas à esquerda estavam cobertas por uma floresta de pinheiros. Ela ficou ali e segurou-se na grade. Os outros haviam voltado para dentro. Ela olhou lá para baixo, tentando registrar o que via minuciosamente, como se estivesse preparando um inventário de cada tom no vale e colinas, como que para ser capaz de recordar, em algum momento no futuro, exatamente como era.

Foi perturbada por Michael Graves perguntando:

— Já foi ao andar de cima?

— O quê? Tem mais um andar?

— Sim, tem um quarto lá em cima. Venha, eu lhe mostro.

Levou-a a uma porta mais adiante no corredor. Subiram uma escada de madeira estreita e chegaram a um sótão de paredes de pinho envernizado e uma pequena lucarna que dava vista para as montanhas e vale. Havia uma cama de casal sem colchão.

— Miguel desceu de novo — Michael Graves disse. — Falou que vai comprar as coisas. Vai demorar algumas horas.

— Espero que traga um colchão e consiga um pouco de comida. Devíamos ter comprado antes.

— Há outro andar debaixo da cozinha onde guardar animais e madeira — disse ele.

Voltaram ao andar térreo e foram para a sala da frente. Levaram cadeiras para fora, para a sacada. Katherine acendeu um cigarro.

— O que vai fazer? — perguntou Michael Graves.

— Vou ficar — disse ela.

— Está apaixonada por Miguel?

— Sim, eu o amo.

— Mas não tem certeza?

— É claro que não — replicou ela.

— Por que está fazendo isso?

— Estou confiando na sorte. Decidi que vou ficar.
— Decidiu hoje, não foi?
— Não sei quando foi. Dê-me alguns minutos... de sossego.

Ficaram em silêncio enquanto as andorinhas enxameavam no povoado. Escutaram a água correndo veloz das colinas acima. Dali a pouco, ela falou.

— Sempre achei que você levava uma vida dupla em Barcelona. Acho que somos apenas uma pequena parte do que você faz lá.
— Está com ciúmes? Me quer inteiro para você? — perguntou Michael.
— Não, fico curiosa. Não sei nada de você.
— Que avidez de saber coisas!
— Não dá para falarmos sem você desvirtuar a conversa?
— Quer que eu responda suas perguntas?
— Sim. Que tipo de aula você dá em Barcelona?
— Falando sem rodeios, tenho um emprego em uma escola desde setembro para ensinar inglês, a língua de meus antepassados, a adultos.
— Então vai ficar na Espanha?
— Não sei.
— Vai poder nos visitar.
— Gostei de conhecer vocês. Gosto de você — disse ele, e então abriu um largo sorriso. — De fato, quase a amo.
— Toda vez que começa a falar sério faz uma piada — disse ela.
— Você pega as coisas rápido, não? Percebeu as diferenças entre nós mais rapidamente do que eu.
— Não foi difícil, foi?
— Acho que você pensou que fui eu que incendiei a sua casa. Acho que pensou que voltei para queimá-la de novo. Os camponeses são revoltantes — riu ele.
— Como sabe sobre a nossa casa, e como pode fazer piadas com isso?

— O que mais podemos fazer? Cantar lamentos?
— Talvez pensar sobre isso.
— Ou parar de pensar nisso — disse ele e foi à janela.
— Então é uma piada em sua pequena cidade, os diáconos cuja casa incendiamos certa noite em que estavam indefesos...
— Não indefesos.
— Eu estava indefesa.
— Estou tão feliz por estar longe — disse ele. — Estou tão feliz por estar longe disso.

O SOL TORNOU-SE vermelho-sangue sobre as montanhas ao longe. Michael Graves acendeu o fogo na cozinha com alguns gravetos que se espalhavam por ali. Katherine sentou-se na sacada olhando o vale, sentindo o frio se exceder à medida que a noite caía. E com o passar das horas, foi ficando cada vez mais ansiosa esperando Miguel, a fome e o cansaço deixaram-nos irritáveis e calados. Sentaram-se no escuro da cozinha com a luz do fogo projetando sombras desoladas nas paredes.

VÁRIAS HORAS PASSARAM-SE antes de o jipe estacionar à porta. Michael Graves havia adormecido no canto, mas Katherine não tinha pressa em dormir. Já não sentia fome tampouco. Acordou Michael quando ouviu o barulho do motor. O motorista do jipe tinha retornado sem Miguel.

Onde ele estava?, perguntou Katherine. O motorista não estava querendo responder, mas ela insistiu e ele contou que houve problemas com a polícia. Porém que não era nada importante e que deveria estar tudo resolvido pela manhã. Ela perguntou onde Miguel estava exatamente e ele respondeu que na delegacia de Llavorsi — tinha havido problemas.

Que pasa con la policía?, perguntou Michael Graves. O homem estava descarregando as caixas da parte de trás do jipe. Repetiu que Miguel estaria de volta pela manhã.

Katherine levou uma caixa de velas para dentro da casa. Havia lençóis e cobertores em outras caixas, assim como comida e colchões na parte traseira do jipe. Não conseguiram convencer o motorista a dizer mais nada sobre o porquê de Miguel estar sendo mantido na delegacia de Llavorsi. Quando ele foi embora, acenderam velas e organizaram as roupas de cama. Ela levou uma vela para o sótão e Michael ajudou-a a carregar o colchão para a cama lá em cima. Ele fez a própria cama no quarto do lado da cozinha. Durante a noite toda, o som da água correndo das colinas acima deles para o vale lá embaixo manteve-a acordada; a noite inteira até logo antes do amanhecer, quando o canto dos pássaros teve início e ela percebeu que não pregara os olhos. Desceu ao banheiro e se lavou com água fria. Michael Graves dormia profundamente quando ela relanceou os olhos para o seu quarto.

O sol ainda não nascera; uma sombra cinza ainda cobria o mundo lá embaixo. Caminhou por uma trilha distante do povoado; a relva na margem estava ensopada de orvalho. Enquanto caminhava, foi-se tornando mais leve, e foi percebendo cada vez mais como a cor da pedra das casas combinava com a cor da rocha, quase idênticas. Até mesmo a ardósia em cada telhado se harmonizava com algum tom da pedra atrás. As casas poderiam ter sido cavernas, tão intimamente combinavam com a rocha ao redor.

Miguel não retornou naquele dia. O motorista levou-lhes bastante comida para afastar a fome: um enorme sanduíche de pão branco, óleo, tomates, alface e algumas latas de atum. Michael Graves achou mais lenha para o fogo e, quando a noite caiu, acenderam velas. Michael havia levado alguns livros, que pôs em uma prateleira na cozinha.

Ela tentou ler, mas achou irritante o bruxuleio da luz de vela; após algumas páginas, pôs o livro de lado e foi até a porta. Havia luzes em uma casa mais abaixo e o som, que Michael Graves também ouvira, dos riachos nas montanhas ao longe.

De manhã, ela ouviu passos no *hall* embaixo. Seu sono tinha sido profundo e sem sonhos e ainda assim, ao ouvi-lo no *hall*, foi como se não tivesse pensado em nada mais desde que o vira pela última vez, como se tudo tivesse ficado em suspenso no intervalo de tempo entre a sua partida e sua volta.

Pôs-se de camisola ao pé da escada e olhou para ele. Não disse nada. Ele parecia cansado e tinha a barba crescida de alguns dias. Michael Graves apareceu da sala da frente, vestindo apenas a calça e se pôs imediatamente a berrar com ele e os dois começaram uma briga com os punhos erguidos, rindo. Ela apoiou os ombros contra a parede. Queria que Michael Graves os deixasse a sós.

Não fizeram amor quando foram para cama, mas deitaram-se juntinhos, se abraçando.

Ela deitou-se de costas para ele, enquanto ele explicava o que tinha acontecido. Falava devagar e parecia escolher as palavras cuidadosamente, para que ela entendesse.

Quatro deles, inclusive Miguel, haviam ficado nessa casa durante os meses seguintes à guerra civil, disse ele. Carlos Puig era o líder — Carlos continuava na prisão em Burgos, embora corressem rumores de que o libertariam. Ela tinha entendido? Foi há mais de dez anos. Ele próprio era um anarquista na província de Lerida. Tinha incendiado a igreja e a delegacia de quase todas as cidades em Lerida.

Miguel perguntou se ela estava entendendo o que ele estava dizendo e ela respondeu que sim. Ele tinha estado com Carlos Puig. Queria que ela, Katherine, soubesse que ele tinha matado gente, inclusive mulheres e crianças, durante a guerra. E depois, quando as divisões entre eles e os outros grupos políticos na guerra se tornaram grandes demais, quatro deles foram para Pallosa e atacaram dali; sabiam fazer bombas e as usaram contra a polícia.

Queria que ela soubesse de tudo — estava entendendo que ele queria que ela soubesse tudo? Sim, ela lhe disse, estava. Tinham bombardeado a casa de um policial e queimado sua mulher e filhos fatalmente. Parou por um momento e a abraçou. Foi mais de dez anos atrás e havia uma guerra acontecendo, ela não podia se esquecer disso, murmurou. Então, ele suspirou e contou que atiraram em uma criança que tinha tentado sair da casa. Pôs os braços em volta dela; havia suor em suas mãos.

A guerra já havia terminado quando os prenderam, disse ele. Ele estava em Barcelona, e não tinham certeza se tinha estado envolvido com Carlos Puig. Os outros foram pegos na casa, ali no povoado, com as bombas e tudo o mais. Surraram-nos tanto que um deles, Robert Samaranch, morreu.

Ele parou de falar e quando recomeçou estava quase em prantos. Ele foi pego em Barcelona e ficou detido por dois anos, disse ele; a maior parte do tempo passou confinado na solitária. Entendia o que isso queria dizer? Ela respondeu que entendia. Agora, a polícia de Llavorsi queria saber por que ele tinha voltado às montanhas e a essa casa. Sabiam quem ele era. Eles disseram que sabiam. Mas ele achava que não haveria mais problemas. Ela entendeu? Estava tudo bem?

Quando levantou da cama para descer, ela percebeu equimoses e cortes em suas costas. Ela chamou-o e perguntou o que tinha acontecido. Ele retornou, deitou-se de novo e contou que haviam lhe batido, mas não muito.

A sua história ficou com ela durante dias, como se tivesse comido algo forte e estranho, mas vagamente familiar.

Ela se manteve afastada dele e de Michael Graves, fazendo caminhadas sozinha, deitando-se cedo, sentando-se separada deles na pequena sacada no quarto de Michael Graves, fumando e olhando as montanhas altas ao norte. Ocorria-lhe constantemente a imagem de uma criança correndo, procurando ajuda, correndo para salvar a vida, sendo atravessada por balas, enquanto o som ensurdecedor de um tiroteio estrondeava ao fundo.

Uma Carta de Pallosa

Pallosa
Lerida
Espanha
30/05/1952

QUERIDA MÃE,
 Recebi seu telegrama. Morri de medo quando chegou. Sentei-me à mesa com ele na mão. Mal conseguia abri-lo. Desculpe por não escrever, também lamento que não haja notícias o bastante em minhas cartas. Lamento que não saiba muito sobre mim, sei que está pagando por isso; sim, o dinheiro tem chegado no dia certo e estou muito grata. Isso ajuda?
 Vou tentar escrever para você. Os dias passam. Há coisas a fazer e coisas em que pensar. É difícil, talvez você compreenda, é difícil fazer algo novo agora que tudo se tornou hábito.
 Resolvi compartilhar a minha sorte com um homem chamado Miguel que conheci em Barcelona. É difícil escrever sobre ele. Há uma solidez nele. Não sei se entende o que quero dizer. Ele é auto-suficiente. Passa o dia todo fora, cortando lenha. Como pode imaginar, a lenha é importante.
 Mas, hoje, não é por isso que ele está cortando. Está preocupado com certas coisas. A nossa vida privada, acordar com ele me envolvendo, isso é o mais real para nós. Não sei se você já experimentou algo assim. Durante o dia, ele mal repara em mim. Te-

mos coisas a fazer. Não sei quanto tempo vai durar. Talvez compreenda por que não escrevi sobre isso antes. Não é o tipo de coisa de que falamos normalmente, é?

Sempre que ele vê alguém que viveu aqui no passado, antes da guerra civil espanhola, fica tenso. Irá procurar até achá-los, e revisar as mesmas coisas, incessantemente. As mesmas palavras, já as conheço. Como havia vegetação ali antes da guerra, como havia um moinho em Tirvia, que famílias eram fascistas e a favor de Franco durante a guerra, o que fizeram no povoado depois da guerra.

Estou enjoada da sua obsessão com a guerra. Deixo-o sozinho quando a guerra vem à tona. Ele achou um lenhador com quem conversar sobre a vida antes da guerra, durante a guerra, depois da guerra, está até mesmo pagando-o para falar. Não haverá lenha cortada. Sei que não haverá lenha cortada.

Os nossos vizinhos não são o tipo de gente de quem pode se pedir emprestado, se ficarmos sem lenha no inverno. A maior parte das casas no povoado está vazia e tem sido assim desde a guerra civil. Fantasmas as habitam; velhas fotos de famílias amarelecem nas paredes; louça de Delft e de barro quebrada ou lascada em armários. Mas continuam intactas, mais ou menos vinte casas vazias, e eu só estive em uma ou duas delas. Um dia, daqui a muito tempo, todas ruirão e ninguém vai se incomodar, pois ninguém retornará para cá. O povo daqui vive em Barcelona, ou Lerida, ou Gerona.

Três casas estão ocupadas, velas ardem nelas à noite. Há Fuster e sua mulher, silenciosos e vigilantes, todos os dois, mas inteligentes e gentis quando é preciso que sejam gentis. Têm filhos em Barcelona, têm um telefone. Às vezes, vamos até lá à noite e conversamos com eles.

Com as outras duas não há conversa. Há Lidia, dona das vacas, constantemente à espreita de alguma violação de seus direitos que ocorreu no passado ou está para ocorrer no futuro, constantemente insistindo em perguntar onde nos casamos e quando. Põe água no leite que nos vende e, um dia, também porei água no dinheiro com que lhe pagamos.

Não consigo passar por ela sem que me pare. Ela me aborda mesmo quando acho que está longe e que, então, acredito poder escapar e dar uma volta pelo povoado sem um interrogatório sobre o meu passado, presente e futuro, com constantes referências à Virgem Maria, e diversos outros membros da família celestial, cara aos corações dos católicos apostólicos romanos espanhóis. Mesmo quando a vejo se afastando, descubro, de súbito, que voltou para me assombrar.

Onde comprei minhas roupas? Onde fica exatamente a Irlanda? Quando irei a Barcelona? Por que não tenho filhos? Há dias que finjo não entender o que ela está dizendo.

A sua velha mãe tem a metade de sua altura, permanentemente encerrada em roupas pretas. Quando a encontro, guincha para mim como um velho peru. Ela só fala o catalão. Por sorte não sei uma palavra em catalão, mas estou começando a aprender; portanto, em breve serei capaz de retransmitir a você a perspicácia e sabedoria da mãe de Lidia. Não consigo imaginar o que seria passar a vida toda aqui.

Também há um irmão, que é um tanto delicado e nos visita toda noite antes do jantar. Ele conheceu uma mulher, de nome Mayte ou algo parecido, e ia se casar com ela. Ele nos conta isso toda noite. Ele é engraçado. Ele não trabalha. Lidia faz tudo. Quando ela envelhecer, não terá ninguém, e o lugar ficará ainda mais desolado do que já é. De qualquer jeito, seu irmão não lhe servirá de nada. Tenho fantasias de ela morrendo de fome num inverno. Não devo ser dura demais com ela. Não é fácil.

Com a outra família, nós não falamos. Acho que Miguel foi grosseiro com eles. São os Mataró. A casa deles é a maior e têm um jipe. Há uma família com uma filha de mais ou menos vinte e cinco anos e uma mulher mais velha, irmã do marido ou da mulher. Alguns meses durante o inverno passamos sem ver a irmã sequer uma vez, e tenho a impressão de que há outros na casa que ainda não vimos, exatamente como *Jane Eyre*, e Miguel acha que provavelmente tenho razão. Esperamos pacientemente que um deles apareça. Eu a avisarei assim que isso acontecer.

Há algo mais que não sai da minha cabeça e que lhe contarei agora. Sofremos um incêndio durante os "Troubles"* na Irlanda. Você e eu nunca falamos nisso, o que é estranho, já que falamos abertamente de outras coisas. Fomos destruídos pelo fogo durante esses conflitos. Escrevo isso sem rodeios e espero que esteja lendo. É como eu coloco. Mas não foi exatamente o que aconteceu, foi?

Não fomos destruídos pelo fogo, pois não partimos, construímos uma nova casa que ainda existe e a construímos rápido. Mas você foi destruída, porque foi embora e nunca mais voltou; não adiantou meu pai garantir que estávamos seguros, você permaneceu em Londres. Sou sua filha única. Eu a via nos feriados e nunca falamos sobre o que aconteceu naquela noite durante todos esses anos.

O sindicato local se revoltou contra nós. Foi isso que aconteceu. Os "Troubles" foram isso para nós. A época em que os trabalhadores locais nos atacaram. Foi isso que aconteceu na Irlanda em 1920. Não me lembro de fogo, mas me lembro do som, como de um vento forte, e de ser carregada. Não me lembro de ter visto fogo, eu devia ter três anos. Lembro-me de ter ficado no Bennett's Hotel em Enniscorthy. Nunca me esquecerei do barulho de vento. Do que se lembra? Por favor, diga-me o que aconteceu. Como você saiu? Como eu saí? Quantos eram eles? Por que partiu e nunca mais voltou?

Sempre acreditei que o que tinha acontecido conosco havia sido um ato diabólico, algo perverso, que quando a tensão aumentasse seríamos nós que eles perseguiriam — eles nos atacariam de surpresa, os do sindicato. Nada de bom resultou daí. Ou não? Quero saber sobre isso, para que possa refletir a respeito. Tornou-se importante. Se quer que eu lhe escreva, acho que terá de me levar a sério. Não é fácil escrever dessa maneira.

Com amor, como sempre,
sua Katherine.

---

*Como o povo irlandês, principalmente da Irlanda do Norte, refere-se aos conflitos e violência política no país. (*N. da T.*)

A Montanha Mágica

DIAS CALMOS, silenciosos, nos Pirineus. O frio penetrante do inverno rendendo-se aos movimentos sutis da primavera. Lenhadores estavam trabalhando nas colinas acima do povoado. Ela observou o elaborado ritual de derrubar uma árvore, a longa preparação, os gritos, os períodos de descanso. Ficou intrigada com a inquietação da natureza em sua fonte, a vida tumultuada dos insetos, dos pássaros, a vida selvagem. O que era deixado para trás parecia uma cena de batalha: cepos de árvores, toras de madeira, sarças desenraizadas, um mundo tosado, envolvido pela floresta, um oásis de ferida.

Acompanhou os lenhadores com óleo e um bloco e um pequeno cavalete, e pintou a derrubada das árvores, a devastação. Ficou fascinada com as novas cores, as cores da madeira morta, dos cepos feridos pelo pequeno desmatamento, respirando livremente enquanto ainda podiam.

Os lenhadores começaram ao amanhecer. Levantou-se e deixou Miguel dormindo, seu corpo quente na cama. Estava sempre gelado, e fazia frio demais para se lavar. Vestiu-se o mais rápido que pôde, camisetas em cima de camisetas e pulôveres. Fez uma garrafa de café, pôs pão e queijo numa bolsa que carregava nas costas, assim como o cavalete e a tela. Cobrindo-se com um enorme tapete, partiu de manhã cedinho até o lugar onde os lenhadores estavam trabalhando, a uma ou duas milhas de distância. Usava um cachecol de lã na cabeça.

Os lenhadores já estavam trabalhando, derrubando os pinheiros à margem de uma pequena estrada secundária. Ficou bem afastada e pintou a devastação que tinham causado. Misturou as cores cuidadosamente: o marrom oleoso, o verde vivo, o amarelo seco misturando-se com o azul frio, plano, do céu, os vestígios de geada e neve, e o começo da primavera, quando o mundo começa a se abrir.

Ela tinha visto em Londres uma exposição de pinturas da Primeira Guerra Mundial, reproduções de paisagens como ruínas, como um lugar em que os homens morrem brutal e cruelmente. Tinha em mente vários quadros, não conseguia se lembrar de que pintor, nos quais a própria natureza era o tema, o campo de batalha como uma mutação, como uma perversidade, onde a violência era cometida contra a ordem natural, os animais, os pássaros e insetos, os campos e flores. Era tal noção do mundo e sua ordem e desordem que queria transpor para essas telas.

A música lhe chegava todas as manhãs enquanto trabalhava, fragmentos de melodias escutadas na noite anterior, árias inteiras, ou simplesmente o sentimento de uma peça. Michael Graves havia lhes levado a música. Ele ia e vinha — às vezes, não tinham a menor idéia de aonde ele ia; porém, geralmente, retornava a Barcelona e ganhava um pouco de dinheiro ensinando e desenhando. Ela sentia a sua falta; tinha se afeiçoado a ele. Uma ou duas vezes, ele chegou em depressão: doente, sem dinheiro, saía em silêncio para andar sozinho ou ficava na cama e só se levantava à noitinha. Mas quase sempre mostrava-se animado, em geral queria ficar a noite toda acordado conversando. Sempre que voltava, levava-lhes presentes.

Ele chegou com uma vitrola velha que tinha comprado em Barcelona, com uma manivela e agulhas acessórias. Funcionava perfeitamente. Levou uma caixa grande de discos e, a partir de então, estava sempre aumentando a coleção. No começo, ela achou que nunca conseguiria escutar todos, de tantos que eram. Michael encarregou-se da vitrola. Selecionava tudo e apresentava cada peça musical, às vezes sem dizer qual era a não ser quando terminada. Miguel conhecia bem algumas das óperas, sendo capaz de acompanhá-las cantando e de reconhecer as melodias. Mas Michael sabia tudo, até mesmo as letras em italiano e francês. Havia escutado todas elas antes, em Enniscorthy, disse ele. Katherine nunca tinha escutado nenhuma. Não acreditava nele a respeito de Enniscorthy.

Sinfonias, canções, músicas de câmara, árias de óperas, música sacra, sonatas, concertos. Os discos consistiam, de modo geral, de passagens. Michael contou-lhe a história de Madame Butterfly, e ela escutou quando ele abaixou a agulha e a estática soou alto e claro seguida da voz: *Un bel di Vedremo*. Ele pôs para ela Claudia Muzio cantando a grande ária da *Tosca*: "Vivi para a arte, vivi para o amor." Ele mesmo cantou-a antes de pô-la para tocar e lhe contou como a pobre Tosca não tinha feito nada para merecer o seu destino. Cantou-a de novo. *Vissi d'arte, vissi d'amore*. Baixou a agulha e a mágica se deu. Tocou para ela árias das grandes óperas francesas: o canto de Gigli em *Sansão e Dalila*; o dueto do tenor e do barítono em *Os pescadores de pérolas*; a oração dos soldados em *Fausto* de Gounod.

Noites longas nos Pirineus. A escuridão caía às quatro da tarde nos dias de inverno. Acendiam velas e atiçavam o fogo na cozinha. Ela tentou aprender catalão com Miguel. Tentou imitar seu sotaque gutural apocopado ao falar em catalão. No começo, pronunciava-o de brincadeira, usando apenas as frases que ela conhecia, tentando pôr nomes e verbos juntos para formar sentenças. Diariamente, ao descer ao povoado para comprar leite, falava com os camponeses em catalão, mas sentia uma dificuldade imensa em compreender qualquer coisa do que diziam.

Aos pouquinhos, tornou-se a língua com que se comunicavam, sem substituir o espanhol, que continuavam falando quando era vital se fazerem entender. Aos poucos, tornou-se igual à vitrola na prateleira da cozinha ou o frio inclemente do inverno;

aos poucos, tornou-se mais um padrão no tecido que haviam urdido para si mesmos.

O dinheiro também tornou-se parte do padrão. Partia de Londres, da conta de sua mãe, no dia primeiro a cada três meses, e chegava no banco de Tremp algum tempo depois, geralmente uma semana, às vezes mais, e certa vez, para a consternação deles, não chegou por um mês. Também chegava o dinheiro da galeria de Miguel em Barcelona, mas não era muito. Viviam do dinheiro de sua mãe. Um em cada três meses, viviam bem, comprando queijos e carne defumada a granel, tonéis de vinho, conhaque, chocolate, cigarros americanos. Quando isso se esgotava, voltavam ao arroz e lentilhas até chegar mais dinheiro.

Jordi Gil levava-lhes todo o material de que precisassem. Chegava sempre em um carro com um *rack* na capota para levar algumas telas para vender em Barcelona. Miguel trabalhava duro antes das visitas de Jordi Gil. Passou a se interessar por espelhos e tentou pintar um mundo refletido, cenas de cabeça para baixo, ou eventos distorcidos em um espelho falso. Katherine não gostava das pinturas, mas Gil parecia achar que venderiam bem. Gil passava somente algumas horas na casa e, então, empreendia a longa viagem de volta a Barcelona. Katherine fez com que ficasse para almoçar, pôs um bom vinho na mesa e atiçou o fogo na lareira.

Katherine havia disposto seu próprio trabalho ao longo das paredes da sala da frente, desemoldurados. Eram cinco ou seis pinturas da derrubada das árvores e várias menores, inclusive estudos e desenhos. Não queria que Miguel estivesse presente quando Jordi Gil examinasse o trabalho, estava nervosa; Miguel dera pouca atenção à sua pintura e não queria que ele presenciasse qualquer comentário sobre ela.

Esperou até que o almoço terminasse, que o trabalho de Miguel fosse examinado e empacotado. Murmurou para Jordi Gil que tinha algo que gostaria que ele visse, mas que não queria que Miguel soubesse. Fez com que pensasse serem pinturas de Miguel.

Instruiu-o a dizer a Miguel que precisava de um pouco de ar fresco e ia dar uma volta. Miguel estava lá embaixo na comprida sala no extremo da casa e não reparou que tinham ido à sala da frente. Jordi Gil olhou as pinturas. Pegou uma das menores e examinou-a cuidadosamente. Ela não tinha assinado. Ele fechou a porta e olhou as maiores. Não falou nada. Olhou uma a uma. Disse que gostava, coçou a cabeça e sorriu.

Desceram à sala em que Miguel pelejava com o papel e o barbante. Jordi Gil disse que tinha contratado mais um artista. Miguel sorriu e pareceu intrigado. Jordi Gil levou-o para ver as pinturas de Katherine. Ela esperou na cozinha.

Levou o trabalho para Barcelona e Michael Graves viu algumas telas penduradas na galeria, e escreveu para ela. Algumas foram vendidas. Michael Graves conheceu uma loja de pôsteres e gravuras que acabara de abrir em Barcelona; disse a ela que os preços eram altos, mas aconselhou-a a usar o dinheiro da galeria para comprar reproduções. Ela mandou Jordi Gil dar uma certa quantia de dinheiro a Michael Graves. Dia após dia chegavam, com o jipe que coletava o leite no povoado, recipientes de papelão, em forma de telescópio. Ele enviou-lhe o *Auto-retrato* de Van Gogh, e sua pintura de Arles à noite; enviou-lhe a pintura de Rembrandt de *O velho,* e *Um jovem com uma luva,* de Ticiano; enviou-lhe as telas azuis de Picasso. Ele enviou pôsteres das recentes exposições em Paris — Braque, Kandinsky, Paul Klee —, que haviam sido liquidados em Barcelona. Ela pregou as reproduções nas paredes.

Sentiu um ímpeto de comprar coisas, móveis, essas reproduções, novos discos. Sentiu um ímpeto de se fixar nessa casa nas montanhas.

À noite, Katherine e Miguel iam para a cama como crianças e tentavam rechaçar o frio abraçando-se, segurando-se um no outro para se aquecerem debaixo de um monte de cobertores. Dali a pouco, o desejo começava a filtrar-se entre eles, outra forma de calor, e devagar faziam amor no quarto escuro, com a vela apagada e os cobertores intactos. Eram ávidos um do outro.

Ela perguntou a Miguel se estava feliz, e ele respondeu que sim. Ele contou que sonhava em poder viver ali depois da guerra. Nunca imaginou que perderiam a guerra. Nos primeiros dias de guerra, ele assumiu uma loja de gravuras em Lerida e ali fez pôsteres, todos sabiam que as coisas mudariam, mas ninguém acreditava que terminariam. No final, disse ele, foram traídos por todo mundo, não somente pelos fascistas, mas também pelos nacionalistas catalães e pelos comunistas. Ele combateu na guerra de novo para ela e o que aconteceu ficou mais claro. Agora, parecia tão distante deles: a excitação, o mundo novo no qual ele acreditava e quis realizar. As palavras que ele usava eram difíceis para ela: ela não entendia bem quando ele falava de *liberdade*, *anarquia*, *revolução*. Ele havia experimentado algo que ela só podia imaginar. Uma vez ou outra, ela achou que gostaria de tê-lo conhecido nessa época.

Ela nunca conheceu as montanhas como ele conhecia. Ele sempre achava uma trilha em que ela não reparara. Ele caminhava milhas por dia sem nenhum propósito em mente. Uma ou duas vezes, ele mostrou a ela onde tinha se escondido depois da guerra, cabanas pequenas e casas em ruínas.

Certo dia, ele voltou mais cedo do que o costume; surpreendeu-a na cozinha, onde ela lavava as batatas. Levou-a para baixo, para olhar pela janela grande da sala comprida. Era a primeira neve; nevaria no mínimo por um mês, a neve ficaria no solo por três meses. Pôs o braço em torno da cintura dela enquanto ela olhava. A recordação desse dia se fixou como a rocha ao redor: a recordação de observar a primeira neve e a expectativa de estarem ali juntos, cercados, imunes, prontos para qualquer felicidade que lhes atravessasse o caminho.

Dublin: 1955

ROYAL HIBERNIAN HOTEL, Dawson Street, Dublin. De manhã cedo. Da janela ela podia ver a Leinster House, onde ficava o novo Parlamento, de onde a Irlanda regulava seus assuntos internos. Da janela também podia ver o céu cinza pairando sobre Dublin, prometendo chuva. Há duas semanas o céu estava assim, escurecendo lentamente no fim da manhã ou começo da tarde. Entre três e cinco horas, vinha a chuva; tinha passado os dias, por mais de uma semana, desanimada, observando-a, observando a chuva cair com força sobre a Molesworth Street.

Sempre que clareava, ela saía e caminhava até Saint Stephen's Green; às vezes, as nuvens cinzas se partiam, permitindo vislumbres de uma noite de verão. Sempre que se afastava do hotel, procurava, ao acaso, nos rostos na rua um sinal de reconhecimento; por um instante tinha certeza absoluta de que conhecia todos os rostos com que se deparava, e se sentia prestes a gritar, a dizer alguma coisa. Não parecia um lugar estranho, mas um mundo que ela conhecera em algum momento no passado, e que agora não conseguia reconstruir ou recordar completamente: um mundo habitado por parentes, ancestrais, amigos, habitado por rostos que estavam a um passo de serem nomeados ou associados com algum evento.

Os edifícios na Grafton Street eram muito mais baixos do que se lembrava. Mas as faces, cada face que vinha em sua direção, a emocionava. Ela olhava para as pessoas e estas lhe devolviam o olhar. Ela estava desesperada.

A carta para Tom estava sobre o console em cima da lareira. Tinha lacrado o envelope e estava grata por não poder reler o que lhe escrevera quase dez dias atrás. Mas a carta era breve e direta. *Estou em Dublin. Quero ver você para tratar de certos assuntos, e o esperarei aqui até fazer isso. Por favor, entre em contato.* Ela tirou o fone do gancho e ligou para a recepção.

— Por favor, poderia servir o meu café da manhã no quarto? Sim, e há uma carta que quero postar. Pode providenciar isso para mim? É urgente. Obrigada. — Voltou à janela e ficou observando a manhã cinzenta. A carta no console da lareira. Poderia rasgá-la, pagar a conta e partir sem vê-lo. A coragem poderia abandoná-la e era simplesmente uma questão de coragem. De qualquer jeito, não tinha outro motivo para enfrentá-lo a não ser conseguir o que queria. Não havia sentimentalismo em seus cálculos, ela podia viver sem ele.

A camareira chegou com a bandeja do desjejum e deixou-a na mesa.

— Avisei à recepção que tinha uma carta para o correio — disse ela. — Está sobre o console da lareira. É muito urgente.

— Será enviada imediatamente — disse a mulher.

— Agora?

— Se a senhora quiser, o carregador pode levá-la agora mesmo ao Correio.

— Sim, ficaria muito agradecida.

Ainda havia tempo para pegar o telefone e cancelar a carta, para dizer-lhes que não a despachassem, para decidir esperar um ou dois dias. Ela não ligou lá para baixo, e quando terminou de comer o desjejum e de vestir-se, soube que tinha de estar preparada para ele, que era somente uma questão de dias até ser culpada e acusada, e não ter nenhuma resposta ou desculpa, quando então não haveria nenhum perdão.

Arrependeu-se de não ter especificado como ele deveria entrar em contato com ela. Ele poderia chegar sem avisar. Durante o dia, imaginou o que ele faria ao receber a carta, como reagiria. Pôs-se a pensar nele. Fazia cinco anos que havia partido, cinco anos completos em setembro. Ele devia estar agora com cinqüenta e três anos, quinze anos mais velho que ela, não devia estar muito mudado, exceto que talvez estivesse mais calvo, mais troncudo.

Almoçou no quarto com vinho e depois gim para fazê-la dormir. Seus sonhos à tarde eram vívidos e próximos; deixavam a marca no resto do dia.

Imaginou Tom calado, determinado, composto. Viu-o abrindo a carta à noite, após terminar seu dia de trabalho, depois de ter-se lavado, barbeado e vestido um paletó de *tweed* e a calça de sarja, depois de um jantar em que teria comido praticamente em silêncio.

Richard estaria lá, agora com quinze anos, habituado às maneiras de seu pai, e, durante a maior parte do tempo, haveria o silêncio entre eles, mas não tensão. O nome dela não teria sido mencionado entre eles durante cinco anos.

Tom esperaria um ou dois dias antes de responder, ele lhe daria tempo. Era cuidadoso, prudente, judicioso. Ela não queria tempo; estava pronta para enfrentá-lo. Ele não usaria o telefone nem enviaria um telegrama, prezava muito a sua intimidade e esses meios não ofereciam nenhuma privacidade. Escreveria; ela aguardava uma carta. A sua havia sido postada na segunda-feira e a sua resposta chegou na sexta-feira. Era curta e breve como a sua. *Eu a verei no hotel, na segunda-feira às cinco da tarde.* Era tudo.

Viu-o assim que ele entrou no vestíbulo. Seu cabelo estava mais grisalho, mas essa foi a única mudança. Ela tinha comprado roupas novas de manhã e tinha ido ao cabeleireiro, o que a ajudara a sentir-se preparada para ele. Levantou-se.

— Há quanto tempo está em Dublin? — perguntou ele imediatamente.

— Estou aqui há duas semanas. Como vai? — Ela estendeu a mão.

— Achei que a data na sua carta havia sido um engano — segurou a mão dela por um instante, depois, largou-a.

— Sim, não a enviei assim que a escrevi.

— Sente-se — disse ele. Ela sentou-se de costas para a parede, ele sentou-se em frente.

— Eu tinha negócios a tratar, por isso foi fácil vir — disse ele.

— Eu esperava que viesse de qualquer maneira. — Ela sorriu.

— A sua mãe escreveu me contando que você estava morando em uma casa nas montanhas, sem água nem eletricidade. É verdade?

— A minha mãe se intromete.

— Quero saber como está vivendo.

— Minha mãe não pôs tudo na carta?

— A carta dela foi quase tão breve quanto a sua. Escreveu que você estava vivendo nas montanhas sem água nem eletricidade e queria que eu soubesse que você tinha todo o seu apoio para qualquer coisa que quisesse fazer. Deu a entender que havia algo específico que você estava querendo fazer.

— E há.

— O que é? — perguntou ele.

— Já vou lhe dizer. Quero um drinque e quero saber de Richard. — Tom foi ao bar e ela se abraçou como se um frio terrível tivesse descido à sala ampla e rica do hotel.

— É muito difícil — disse ele ao voltar. — É muito difícil conversar aqui.

— Quer sair?

— Para onde? Não me ocorre lugar nenhum.

— Conte-me sobre Richard — disse ela.

— Está há três anos no Saint Columba's. Só faltam mais dois anos.

— O que ele vai fazer depois?

— Há sempre muito o que fazer em casa, mas ele tem passado o verão com os primos na Escócia e acho que irá para um colégio de lá por alguns anos.

— Que tipo de colégio? — Tentou imaginar a Escócia e os primos enfadonhos.

— Oh, um em que aprenda agricultura e criação de animais, para que saiba o que fazer quando assumir a propriedade. Ele conhece a fazenda muito bem.

— Tom, quero vender a minha parte na fazenda. É por isso que estou aqui.

— Ela não lhe pertence — replicou ele rapidamente —, não pode vendê-la. — Pareceu com raiva.

— Era minha antes de nos casarmos, é minha agora. Quero vendê-la, Tom. — Sentiu o sangue subindo em sua face.

— Eu não teria vindo ao seu encontro se soubesse que estava querendo algo assim.

— Preciso do dinheiro. Agora, levo uma vida diferente e quero vender. Você tem a sua fazenda. Vou vender queira você ou não.

— Você não tem o direito. A fazenda me pertence, as duas fazendas me pertencem, e Richard herdará as duas. Você não vai vender nada.

— A fazenda é minha.

— Pois então procure um advogado e tente descobrir. Você não tem o direito de vender, a propriedade é minha, pode verificar isso. Não me importa o constrangimento que me cause. Passei tantas noites pensando em você. — Sua voz havia se acalmado. Ela nunca o ouvira falar dessa maneira. Era difícil acreditar nele.

— Também pensei em você — disse ela.

— Pense em mim agora, então, e pense em Richard. Quero que volte comigo. Contei a Richard que viria encontrá-la. Disse-lhe que lhe pediria para voltar.

— Não devia ter feito isso.
— Fiz porque é o que quero. Estou falando sério, quero que volte agora.
— Tom, ouça bem. Quando me casei com você eu possuía uma casa grande e trezentos acres. Estavam no nome da minha mãe, mas eram meus. Está me dizendo que agora não possuo nada e que não permitirá que eu tenha nada? — Tentou mudar o tom, falar com mais calma e determinação.
— O que é nosso é de Richard, é para ele, não é para nós vendermos, por mais que nos comportemos mal.
— Vai comprar de mim?
— Não preciso comprar de você. Ela é minha. Mas não minha para vender, comprar ou alienar. Eu disse a Richard que pediria para você voltar. Quer que eu lhe diga que quer vender metade de suas terras?
— Vai dizer a ele o que quiser. Pode lhe dizer que sua mãe empobreceu.
— Não posso conversar com você aqui.
Ela não respondeu imediatamente, não sabia o que ele queria: estaria querendo sair do hotel e caminhar com ela, estaria querendo ir ao seu quarto, ou estaria querendo apenas conversar em um local mais privado?
— Você quer subir? — perguntou ela.
— Aonde?
— Para o meu quarto.
— Está bem — disse ele, e se levantou hesitante. Ela estava com a chave e fez sinal para que a seguisse em direção à escada.

NO QUARTO, ELA fechou a porta e encostou-se nela olhando para ele. Agora ficou claro que ele envelhecera mais de cinco anos. Quando ele foi à janela e olhou para fora, notou que estava ligeiramente curvo e que seu rosto havia se tornado mais espesso. Ela podia escutar a própria respiração.

— Nunca estive num quarto deste hotel — disse ele. — O que a fez escolhê-lo?
Ela não respondeu. Ele permaneceu à janela olhando para fora.
— O tempo está horrível — disse ele. — Foi um verão terrível. — Ela aproximou-se e ficou do seu lado, à janela, e também olhou para fora.
— Sim — disse ela —, tem estado muito nublado.
Virou-se e apoiou a cabeça no ombro dele — de início ele não reagiu, mas permaneceu ali completamente imóvel, como se estivesse embaraçado, as mãos pendentes do lado. Depois de um tempo, segurou-a e a levou para a cama, onde se deitou do seu lado. Tirou o paletó e os sapatos. Demorou-se abraçado a ela, sem dizer nada. Até que a luz lá fora começar a cair, ficaram ali, juntos.
— Tom — disse ela —, ponha a mão na minha barriga.
— Por quê? — perguntou ele.
— Não vai poder senti-lo porque ainda está muito pequeno, mas logo o sentirá. Estou grávida. Vou ter um filho no Ano-Novo.
— Não quero abaixar a minha mão — disse ele. Sua voz era grave.
— Vou voltar — murmurou ela. — Vou ter um filho.
Ele afastou-se dela e sentou-se na beira da cama.
— Você está mesmo grávida? Tem certeza?
— Tenho.
— Quem é o pai? Posso perguntar?
— Não pergunte.
— Tenho de ir agora — disse ele com calma. — Gostaria de ter o seu endereço.
— A minha mãe sempre sabe onde estou.
— Vai se demorar aqui? — Ela ouviu-o calçar os sapatos.
— Não. Vou embora assim que puder.

— Pode esperar alguns dias? Eu lhe enviarei um cheque. Pode esperar? — Sua voz soou resignada.
— Sim, posso.
— Então, espere. Preciso ir. — Pôs as duas mãos no braço dela e a segurou por um momento, antes de sair do quarto.

Isona

MESES DEPOIS A recordação da dor permanecia com ela, o choque da dor. Tinha comprado um jipe para que, quando chegasse a hora, houvesse como descê-la da montanha para pedir ajuda, se fosse necessário. Tentou ensinar Miguel a dirigir, mas ele era impaciente e imprestável atrás do volante. Teria de deixar alguém do povoado dirigir.

A primeira dor que sentiu foi como a dor da menstruação, mas quando se repetiu, ela soube o que era. Não conseguiria chegar até a igreja de pedra abandonada para tocar os sinos como havia combinado fazer; chamou da janela, mas não houve resposta. Quando as primeiras contrações chegaram, ela teve de se deitar. Não fazia idéia de como a criança seria parida. Parecia grande demais, parecia impossível. Mandaram chamar a parteira. Quando Miguel chegou, Katherine lhe disse que o bebê ia morrer. Por horas e horas ela acreditou nisso e disse isso a qualquer um que entrasse no quarto.

Queria que morresse, deitar quieto e morrer. Era a vida nele que a rompia. Durante a noite toda Miguel segurou a sua mão e ela lhe sussurrou que queria que a criança morresse.

A noite não terminava. Quando ela perguntou que horas eram, disseram que eram três da manhã. Ela perguntou à parteira a que horas a criança nasceria, e a parteira respondeu que era difícil, que podia levar muito tempo.

— Eu vou morrer? — disse ela em inglês. Não havia lhe ocorrido antes, mas quando olhou para a cara da parteira, esta a impressionou, ocorreu-lhe que morreria e a criança sobreviveria.

— Miguel! Miguel! — gritou ela o mais alto que pôde. Ele subiu saltando os degraus.

— *Qué pasa? Qué pasa?*
— *Me voy a morir? Me voy a morir?*
— Não.
— *Seguro? Estás seguro?*

Ele não se afastou da cama mais. A sua negação de que ela ia morrer não a tranqüilizou; ele aceitara a pergunta como natural, tinha respondido rápido demais. A parteira queria que ela relaxasse, mas Katherine vigiava seu olhar, buscando algum sinal. A dor voltou com as contrações. O bebê viveria, ela tinha certeza, mas a mataria. E a enterrariam assim que pudessem, e a criança viveria. A criança era grande demais para não matá-la.

Nos últimos meses, quando o bebê ficou maior, ela e Miguel haviam passado a maior parte do tempo juntos na cama, agasalhados contra o frio. Nas poucas horas de dia claro, ela se cobria toda e descia para a oficina para desenhar e pintar. Desenhou a sala a lápis e coloriu somente o que se via da janela, o ar branco e amplo, as montanhas ao longe, edifícios de pedra rústicos e estranhos. Deu à sala um caráter doméstico extra apenas pondo uma mesa contra a parede e colocando alguns jarros em cima, uma cadeira do lado, como se alguém tivesse acabado de se levantar. Fez o quarto parecer escuro, esboçado, não concluído. Havia feito um ou dois desses por dia em pequenas folhas de papel branco. Isso é o que restaria agora, pequenas coisas desenhadas quando ela estava feliz, quando havia energia para poupar. Algumas pessoas saberiam que haviam sido feitos meses antes da sua morte.

Mal se lembrava do parto. Lembrava-se de muito pouco do que tinha acontecido depois que a parteira cortou-a com o que achava ser uma tesoura. Lembrava-se de que tinha gritado. Lembrava-se de que Miguel tinha segurado a sua mão e dito que ela estava bem.

Meses depois, as cicatrizes e amargor perduravam. Ela não tinha querido um filho; não estava preparada para passar por esse medo e agonia. Tinha sido mais fácil quando Richard nasceu, a parteira não acreditou que esse fosse seu segundo parto. E então, lhe apresentaram a criança, limpa, enfaixada, silenciosa. Era uma menina, disseram quando trocaram seus lençóis e levaram os usados, *una noia*. Ela não tinha querido ser desviada dessa maneira para cuidar de uma criança, alimentar uma criança, amamentá-la. Não havia buscado nada disso. Não podia dizer a ninguém como acreditava que essa coisa toda a tinha diminuído.

Pegou a criança no colo; era miudinha, uma pequena sombra de cabelo preto na cabeça. Com o passar dos meses, ela observava, pasma com a confiança absoluta do bebê, com a calma com que o bebê olhava para ela. Não tinha sido assim quando Richard era bebê. O bebê sorria mais quando Miguel estava lá para brincar com ela, fazer sons e caretas para diverti-la.

O verão retornou. Na frente da casa, o bebê deitado no carrinho. Miguel queria que se chamasse Isona. Sentavam-se em espreguiçadeiras à tarde, bebendo vinho. O sol quente irradiava-se sobre os Pirineus. Em breve precisariam juntar lenha de novo para o inverno.

Um Diário: 1957

Pallosa, 23 de junho de 1957

DE MANHÃ, QUANDO acordei, ouvi Isona no quarto lá embaixo. Ela estava em pé, escorada na grade da caminha, chorando, e assim que cheguei, ela começou a rir. Sua face se iluminou. Estendeu os braços para mim e a peguei. Estava toda molhada. Continuou rindo quando a levei para a cozinha. Às vezes é maravilhoso tê-la aqui, confiando em mim e me amando da maneira como me ama.

Ninguém aqui poderá perceber como ela se parece com o meu pai, como algumas expressões em seu rosto a tornam a imagem dele. Richard também tinha isso na idade dela, apesar de não se parecerem em mais nada. Nós a retiramos de um mundo em que esse tipo de reconhecimento não significa nada. Somos suas únicas raízes, ninguém veio antes de nós.

Ela nunca saberá de onde veio, de onde viemos, os acidentes que a trouxeram ao mundo. Eu gostaria que ela conhecesse a casa de onde vim, o rio, a fazenda. Gostaria de podermos nos reunir todos um dia, Richard, Tom, Miguel, Isona, Michael Graves. Adoraria ver Richard levantando-a e carregando-a. Receio ter-me colocado além de tudo isso.

As coisas com Miguel agora estão difíceis. Tive um pesadelo. Acordei no meio da noite, gritando, não pude parar o sonho, embora estivesse completamente desperta e Miguel me segurasse, ele persistiu e tive medo de dormir, era tão real que achei que aconteceria de novo.

Sonhei com o fogo. Sonhei que estava sendo levada pelos corredores compridos da velha casa grande, um homem atrás de mim, me guiando, com todos os quartos em fogo e os corredores sem fim, até chegarmos à escada. Sentia a mão dele em meu pescoço, me guiando. O sonho era tão real como eu ali na cozinha, depois do jantar, e a caneta em minha mão.

Quando alcançamos a porta, não pudemos sair, havia homens esperando lá fora, e um deles era Miguel. Carregavam armas. Ele tinha uma arma e estava disparando contra mim. Sinto medo de novo ao escrever isso, foi tão ruim. Foi horrível. Não sei quem estava atrás de mim, mas quando acordei achei que era Tom. Acordei quando a bainha de minha camisola pegou fogo. Não conseguia acreditar que o fogo tinha cessado, embora Miguel ficasse me dizendo que eu estava bem, que não havia nada com que se preocupar.

Contei-lhe o sonho. Disse-lhe coisas que nunca havia dito antes. Contei-lhe sobre os homens pondo fogo na casa em Enniscorthy e sobre nossa fuga descalços no meio da noite. Eu não tinha lhe contado nada disso antes. Ele entendeu. Fez-me perguntas sobre a Irlanda e sobre a política irlandesa, mas eu só sabia que isso tinha nos acontecido e com outros como nós antes de os ingleses partirem.

Ficou intrigado com o novo contexto em que eu me inseria, como se eu fosse uma espécie de vítima da história. Talvez não vítima, mas membro ativo. Não consegui lhe explicar que não sou. Estou aqui por conta própria, sem esse peso todo de história e sou diferente dele na maneira como sobrevivo. Está convencido de que sou alguém que estava do lado errado da guerra. Lamento ter contado. Sou tão inocente quanto a nossa filha.

Miguel desceu à casa de Fuster. Levou a cerveja que comprei hoje em Llavorsi. Falarão sobre a guerra, sobre o que aconteceu antes da guerra, a guerra que tiveram. Depois de me lavar, descerei e me juntarei a eles, beberei um pouco. Espero que Isona durma a noite toda. Espero que as coisas melhorem entre nós.

Uma Carta para Michael Graves

Pallosa
1º de maio de 1958

Querido Michael Graves,
    Miguel, como você vai gostar de saber, descobriu a doença e está adorando ficar totalmente coberto na cama, com uma bengala à mão e assim poder bater no chão quando quiser alguma coisa. Diz que não está deixando a barba crescer, mas recusa qualquer oferta de navalha, sabonete e espelho. Não sei se gostaria que usasse barba.
    Viciou-se em sopa, que, diz ele, é muito mais fácil de comer do que carne e legumes quando se está de cama. Faz dez dias que está lá, deitado. Às vezes tosse só para que eu saiba que ainda está sofrendo de um grave resfriado, mas passa a maior parte do tempo sentado na cama, com um bloco de desenho sobre os joelhos desenhando faces muito estranhas. Ele diz que talvez nunca mais possa se levantar, mas tem de se mexer pelo menos uma vez por dia, já que me recuso a subir e descer com um penico, apesar de seus pedidos. Eu lhe disse que eu também vou acabar tendo de ficar na cama, já que não me sinto no auge de minha saúde, e ele diz que serei muito bem-vinda, mas que teremos de pôr Isona num orfanato.
    Isona, que agora adormeceu, foi uma amolação durante toda a manhã. Suas bochechas estão vermelhas de tanto gemer e cho-

rar. Tentei mandá-la para o pai, mas Miguel desenvolveu uma maneira astuta de obrigá-la a descer de novo. Acho que ele simplesmente a ignora. Ontem, desceu chorando, dizendo que ele estava fazendo caretas para ela. Não pára de chorar e se lamuriar. Comecei a chorar também quando ela chora comigo. Ela odeia isso e eu parei. Não há por que tornar a criança mais monstro do que já é.

Miguel tem um bom motivo para ficar na cama. O que vai acontecer quando ele se levantar não consigo imaginar. Andou envolvido em uma briga com Mataró. A razão dessa briga está tão clara para mim quanto para você. Miguel não gosta de Mataró porque ele é um fascista. Eu não sei se ele é fascista. Sabe alguma coisa sobre isso? De qualquer jeito, Miguel tem feito de tudo para brigar com ele desde que chegamos aqui. A única coisa que até agora evitou que isso acontecesse foi o fato de Mataró ser imbecil demais para entender o tipo de coisa que Miguel tem gritado para ele, ou surdo demais. Na verdade, acho que ele é um pouco surdo.

As mulheres da vida de Mataró são muito maltratadas, como sabe. A mulher e a filha correm quando me vêem. Parecem duas freiras abobadas. Por que a filha, seja lá qual for o seu nome, se veste de preto? Nunca entendi. Parecem pequenos pássaros ferozes, as duas, e me oprimem sempre que penso nelas. Não penso nelas com muita freqüência. Alguém quis chamá-las quando eu estava em pleno trabalho de parto de Isona, e uma das coisas que mais fez Miguel rir foi a idéia das duas chegando ao quarto e eu guinchando como um porco na cama. Elas me dão arrepios.

Maria Mataró, a irmã, assistiu ao parto, como você sabe, e acho que é tratada como lixo pela família. A sra. Fuster diz que não a alimentam. Acho que tem um parafuso a menos. Acho que ela precisa de tratamento. Quando anda, a sua cabeça bamboleia sobre seus ombros, como se lhe faltasse um conjunto inteiro de músculos cruciais. Ela vigia a nossa casa como um falcão. A qualquer indício de que vamos sair, descer para Tirvia, ou simplesmente dar uma volta, topamos com ela na sacada, nos lançando aquele olhar dardejante.

    Tentamos trancar a casa várias vezes. É muito fácil entrar pelo estábulo embaixo, apesar das cancelas de Miguel. Maria Mataró, pelo visto, não tem o menor problema para entrar. Miguel diz que ela passa por baixo da porta como um rato e isso talvez seja realmente verdade. Ela pega comida. Tem uma predileção particular por alimentos com muita proteína. Queijo — se tiver queijo, ela o devora — e carne vermelha ou até mesmo galinha.

    Não parece levar a comida para fora da casa, preferindo consumi-la entre nossos muros, o que aumenta bastante as chances de ser pega. Depois de se fartar, e come a quantidade de queijo que tiver, sobe e remexe nos armários e guarda-roupa. Rouba meias e minha roupa íntima. Parece que as experimenta e, se não gosta, deixa-as de lado. Nunca limpa a sujeira que faz.

    Miguel tentou todos os métodos de provocação com Mataró. De fato, se bem me lembro, você e ele, em uma de suas raras visitas a essas paragens, criaram um tumulto na frente do quartel dos Mataró, provavelmente deixando, mais tarde, a sua esposa e pobre filha em um estado de total confusão. Sem dúvida, agora que o lembrei disso, se recordará que berraram insultos de natureza muito pessoal durante a noite toda. Esse é o tipo de campanha que Miguel tem conduzido ao longo dos anos. Fuster, que é o único homem são no povoado, vê tudo isso com maus olhos, e tenho de escutá-lo matraquear sobre como Mataró é amigo da polícia. Às vezes, fico com o maior medo de encontrá-lo, quando sei que Miguel o insultou. Então, Miguel se aquieta por algum tempo. Não sei por que, talvez a lua comece a minguar, mas tenho paz. Depois, recomeça tudo. Miguel começa a separar o cordeiro do Mataró do rebanho. Nem sei o que mais ele faz. Nesse meio tempo, segundo Fuster, Mataró compra todo pedaço de terra em que consegue pôr a mão.

Pedi a Miguel que o esquecesse, que mantivesse sua mente em nós, que continuasse o seu trabalho. Eu disse muitas coisas a Miguel. A sua cabeça não é como a minha. Ele é teimoso e obtuso, tem idéias fixas. Às vezes é engraçado, finge durante uma noite toda que estamos na casa de Mataró. Ele é Mataró e as três mulheres, e eu sou um visitante. Você sabe como ele é capaz de prosseguir com isso e eu, de encorajá-lo. Mas no fim, sinto-me desamparada, sinto-me como tendo perdido tempo.

Não se pode gostar de Mataró. Independentemente de suas más maneiras e rabugice terem sido ou não exageradas por Miguel, ele realmente é desagradável. Passo muito bem também sem sua mulher e filha, e odeio a sua irmã farejando pelo meu quarto. Mas estavam aqui antes, são donos de propriedades aqui. Têm o direito de serem deixados em paz, contanto que ela pare de roubar.

É improvável que ela agora roube de novo. Saímos para dar uma volta, deve ter sido há umas três semanas, e a vimos nos vigiando da sacada da casa de Mataró. A fome devia estar consumindo-a, coitada, mas escondemos tudo que era comestível na casa. Miguel disse que queria voltar e eu prossegui mais um pouco, com Isona, e fomos até o arroio, para que ela pudesse soltar seu barco.

Ao retornar à casa, ouvi gritos e berros. Miguel tinha pegado Maria, e então me dei conta de que ele voltara especialmente para isso. Tinha-a arrastado de volta para a casa de Mataró, e aquele barulho todo vinha de lá. Ele estava com as chaves, por isso o esperei na escada da entrada. Gritos estranhos continuaram a ser ouvidos da casa de Mataró. A face dele estava pálida quando voltou. Mataró alimentaria a irmã a partir de agora, disse ele, ou algo parecido.

Mais tarde, quando escureceu, ele saiu novamente. Achei que ia à casa de Fuster, como quase sempre faz. Acho que eu estava tentando costurar, ou lavar, ou fazer algo desagradável na cozinha. Ele chegou com uma cadeira, uma boa cadeira de cozinha, que pôs na minha frente. "Sabe onde consegui isso?", perguntou ele. "Não", respondi. "Roubei da casa de Mataró", disse ele.

É a cadeira em que estou sentada escrevendo a carta. A outra, que ele roubou assim que caiu doente, está lá em cima do lado da cama. Ponho a bandeja com a sopa sobre ela. Mataró parou-me outro dia (em todos esses anos no povoado, ele nunca se dirigiu a mim antes nem mesmo me cumprimentou com um movimento da cabeça) e me perguntou se eu tinha visto duas cadeiras que haviam desaparecido de sua casa. Eu não respondi. Ele disse que talvez estivessem com Lidia. Eu disse que talvez a sua irmã estivesse com elas; já tinha falado com ela? Murmurou algo para si mesmo e seguiu adiante. Talvez só daqui a dez anos ele torne a falar comigo.

Como já lhe contei, a polícia de Llavorsi passou a me parar para checar minha carteira de motorista e me atrasar sempre que desço de jipe. Espero que não venham procurar as cadeiras.

Estou escrevendo isso tarde da noite. Miguel está dormindo e puxou todos os cobertores para o seu lado da cama. Estou cansada e logo terei de subir e acordá-lo para igualar a distribuição dos cobertores. É assim a vida de casado, da qual você se protegeu. Levei três horas acalmando Isona. Toda vez que eu me mexia, ela gritava. Quando lhe dei comida, chorou, quando li uma história, chorou, queria outra, uma história diferente, quando tentei levá-la para sentar-se no penico, ela chorou.

Então, descobriu que estava na hora de ir para a cama. Bateu realmente na minha cara com raiva. Me chutou. Não sei o que vou fazer com ela. É só uma fase, a mulher de Fuster me disse que é só uma fase. Houve um tempo em que ela era um anjinho, quando sorria para mim à noite, antes de dormir. No fim do próximo verão, eu a colocarei numa escola em Tirvia, pela manhã, e terá outras pessoas em quem pensar e chutar quando se sentir mal. Ela me deixa exausta. Toma a maior parte do meu dia.

Se o pai dela não fosse tão engraçado e bonito, seria um fardo com suas obsessões, o sentimento irracional de que é dono do povoado ou que, aqui, ele tem certos direitos especiais, não compartilhados com Mataró. Às vezes, à noite, tomamos vinho quente antes de ir para a cama e ele torna a falar sobre o que aconteceu depois da guerra civil. Sei que falou sobre isso com você também. Já lhe perguntei se não achava que ele inventava coisas. Você respondeu que a pergunta era injusta. Sei que é uma pergunta extremamente desleal. Também sei que acredita nele. Eu acredito nele.

Escrevo tudo isso agora, aqui, tarde da noite, quando estão dormindo. Essa guerra ainda não terminou, para ele, ou qualquer outra pessoa. Lembra-se da nossa primeira noite nesta sala, quando eu lhe disse que esperava que o desaparecimento de Miguel fosse a pior coisa que poderia nos acontecer aqui e você ficou inquieto e me mandou parar de falar desse jeito? Foi como se você tivesse visto alguma coisa. Eu também vi algo, não um fantasma, ou qualquer outra coisa sobrenatural. Eu não tive visões. Eu simplesmente sei que assumi mais do que podia.

Os crepúsculos são pungentemente belos. Espero-os, o sol formando uma faixa vermelha contra as poucas nuvens que se agrupam no horizonte, a luz amarela densa. Trabalho quando posso. Miguel diz que voltará a trabalhar em breve. Adoraríamos que viesse nos visitar, agora que temos cadeiras novas.

Com amor,
sua Katherine

Carlos Puig

EM MEADOS DE dezembro do mesmo ano, Miguel foi a Barcelona e voltou com Carlos Puig. Katherine reconheceu o nome assim que foi dito. Miguel o achara em Barcelona, sozinho, perdido, inabilitado, sem dinheiro, após dezoito anos na prisão de Burgos. Carlos Puig sorriu para ela, seus olhos perscrutadores e ávidos. Ficou horas à janela na sala do lado da cozinha, um cobertor em volta do corpo, olhando as montanhas.

Às vezes, dava a impressão de um velho, o cabelo grisalho e os dentes amarelos, mas quando se virava para agradecer a comida que ela tinha levado para ele, ou outro cobertor, ela vislumbrava momentaneamente outra pessoa.

Katherine estava assustada com seus alheamentos. Às vezes sentava-se com ele, mas nunca tentou conversar. Isona estava aprendendo a falar e Miguel tinha levado o cercadinho para o cômodo em que Carlos Puig dormia. Durante os primeiros dias, a criança não reparou nele, conversava sozinha, chorava, ou queria ser levantada por Katherine ou Miguel, como se Carlos Puig não estivesse no quarto. Um dia, Katherine notou que Isona havia deixado um bloco de madeira cair onde não conseguia alcançar e gritava para que o pegassem para ela. Ela observou Carlos Puig se mover e dar o bloco para a menina. Isona examinou o bloco minuciosamente e, então, procurou o rosto de Carlos Puig. De novo, jogou o bloco para fora do cercadinho. Ele abaixou-se e pegou-o e deu para ela. Ela jogou de novo, dessa vez rindo — ficava cada vez mais corajosa. Carlos Puig sorriu quando o devolveu a ela.

Isona agora tinha dois anos. Quando acordava de manhã, pedia para ir, com seus blocos e brinquedos, ao quarto de Carlos. Conversava com ele como se ele fosse uma criança, e às vezes ele respondia. Ela gerava uma tensão que às vezes ele não conseguia suportar, e se deitava com o rosto no travesseiro e Isona ia procurar Katherine.

Como ele seria antes da guerra? Katherine imaginava-o gentil, refinado, tranqüilo. Miguel ria dela. Não, ele era jornalista, não um jornalista rico ou muito famoso, dizia Miguel, ele era irritado. Quando escrevia para o jornal anarquista, o seu escárnio era especial. Sabia como odiar, por isso Miguel gostava dele. Era de uma família comum de Barcelona e falava catalão. Usou as palavras até não adiantarem mais — Miguel olhou para ela — e então Carlos usou bombas, explicou. E quando a guerra acabou, e os líderes republicanos partiram para o exílio, ele ficou e usou mais bombas.

— *La policía sabe que está aquí?* — perguntou ela.

Ele respondeu que quando a polícia soubesse que estava ali, apareceria para saber o que ele estava fazendo. Havia um homem na delegacia em Llavorsi que se lembrava de tudo: Sust, um catalão. Conhecia Miguel, já o havia interrogado, e conhecia Carlos Puig. Não é melhor irmos embora?, ela perguntou. Espere, ele mandou, espere e veja!

Na primavera, Michael Graves veio para passar algum tempo. Pôs a sua enorme bolsa de telas na mesa e a esvaziou. Isona observava com atenção enquanto ele tirava um pato que andava quando dávamos corda. Ela correu para mostrar para Carlos. Michael Graves chamou-a e deu-lhe uma gaita para que a entregasse a Carlos Puig; ficaram atentos, na cozinha, esperando que ele tirasse algum som com ela, mas não aconteceu nada. Trouxe tinta e pincéis para Katherine.

— Você parece muito feliz — disse para ela.
— Pareço? — perguntou ela. — Pareço?

Colocaram uma cama para Michael Graves na sala da frente. Em alguns dias, Michael Graves tinha conseguido averiguar muita coisa. Michael Graves contou que Carlos Puig ainda acreditava que o perseguiriam. Ele tinha dito a Michael Graves que os via freqüentemente em volta da casa. Katherine disse que não havia ninguém em volta da casa. Michael Graves repetiu o que Carlos Puig tinha dito.

Ela se perguntava como Michael Graves havia conseguido descobrir tanta coisa. Seus esforços para falar com Carlos Puig não tinham dado em nada e Miguel mal o notava. Quando o clima melhorou, Miguel e Michael Graves faziam longas caminhadas pelas montanhas, muitas vezes desaparecendo por dias seguidos. Deixavam Katherine lá, como queria ser deixada, para trabalhar nos desenhos e pinturas de Isona e Carlos Puig.

Katherine tinha dificuldades em compreender o que Carlos Puig dizia, não sabia se ele murmurava para si mesmo ou estava tentando falar com ela. Nesse dia, ele estava extremamente perturbado, ela podia sentir uma certa ânsia nele, estava tentando dizer alguma coisa. Continuou a sussurrar e a procurar o rosto dela. Os seus olhos eram claros e azuis, e agora, quando falava, parecia um homem mais jovem, porém gasto e alquebrado. Não entendo você, Carlos, disse-lhe ela, não consigo compreender o que está dizendo.

Ele parou de sussurrar e olhou fixamente para ela, com um misto de admiração e desconfiança. Ela tinha falado em catalão e não sabia se estava certo; talvez ele quisesse falar em espanhol. Ele fez um gesto para ela chegar mais perto. Quando ela puxou uma cadeira para o lado dele, ele agarrou seu pulso e recomeçou a sussurrar as palavras e, depois, a respiração ansiosa, pesada.

— Carlos — disse ela —, o que você quer dizer? Eu escutarei, juro que vou ouvir com atenção.

Ela escutou cada palavra, escutou atentamente até perceber o que ele estava lhe pedindo, e compreendeu com horror como era difícil para ele, como ele estava desesperado, e ela não sabia o que responder. Ele perguntou de novo, dessa vez, o seu olhar era firme e determinado. Você acha que vou melhorar, que vou voltar a ser normal, que vou ficar bem? As palavras e as frases saíam com muita dificuldade. O que você acha?

Ela respondeu que ele estava melhor a cada dia, que desde que chegara havia melhorado muito, e que logo estaria ainda melhor, e quem sabe não iria a Paris, quem sabe não arranjaria trabalho por lá, e que todos eles o ajudariam. Depois que ela falou, ele ficou em silêncio. Mais tarde, ela deu com ele na mesma cadeira, os olhos fechados e balançando a cabeça como que concordando, e a força de sua dor palpável na sala.

A POLÍCIA CHEGOU alguns dias depois de Michael Graves partir. Ela os viu subindo na direção da porta da frente da casa; dois carregavam metralhadoras. Isona estava comendo à mesa da cozinha, Carlos Puig estava na sala, distante e calado, Miguel saíra de manhã cedo.

Ela foi à porta, ao encontro deles.

— *Dónde está su marido?*

— *No sé* — respondeu ela. Passaram por ela sem pedir licença e deram com Carlos Puig na sala. Ele não ergueu os olhos, parecia não ter notado que haviam entrado. Ela lhes disse que ele estava doente. O que havia de errado com ele, quiseram saber. Ela apontou para a própria cabeça e eles saíram da sala. Encontraram Isona sozinha na cozinha. Ela ergueu os olhos para eles admirada, três homens entrando na cozinha sem serem anunciados.

— *Dónde está su marido?* — perguntou de novo o mais velho. Ela repetiu que não sabia onde estava o seu marido. Perguntaram qual era o nome do homem na outra sala.

— Carlos Puig — disse ela. O homem de repente riu com desdém. Ele segurava suas luvas e bateu-as contra a perna. Os outros dois policiais, ambos jovens, permaneceram sérios. De súbito, Isona começou a rir também, e Katherine pegou-a no colo. Eles saíram da cozinha e ficaram no *hall*.

— *Dónde está su marido?* — perguntou de novo. Dessa vez ela não respondeu. Quando a encarou, ela desviou o olhar. Ele chutou a porta do quarto de Carlos Puig e gritou alto. Carlos Puig olhou em volta com um susto, exatamente quando o policial, subitamente, virou-se para ir embora.

Estava escuro quando Miguel voltou. Ela contou o que tinha acontecido, disse que podiam pôr suas coisas no jipe e ir para a França, levariam somente duas horas para transpor a fronteira, poderiam esperar até escurecer e partir furtivamente. Ele disse que, se partissem, talvez nunca mais voltassem.

Ela disse que queria ir, e ele pediu que esperasse até de manhã. Os mesmos três homens vieram logo que amanheceu. Não deram tempo a Miguel para que se vestisse, o levaram para fora, para o jipe; puseram as algemas em Carlos Puig, que já estava vestido. Carlos Puig olhou para trás quando o levaram ao jipe da polícia, no rosto, uma expressão de total desolação. Eles o empurraram com o cano de uma arma. Em cinco minutos, haviam desaparecido. Tinha acontecido. Ela sentou-se na cadeira de Carlos Puig, perto da janela, e viu de relance o jipe que descia o caminho sinuoso. Poderiam ter ido à noite para a França, Barcelona, Andorra; tinham deixado ficar tarde demais.

Agora o jipe tinha desaparecido. Miguel não tinha se vestido, pois eles o haviam tirado de casa com urgência. Ela agora estava sozinha com Isona e os aldeões que tivessem testemunhado a cena.

Havia comida e lenha suficientes. Isona estava acostumada com Miguel fora. Katherine decidiu deixar a filha com a mulher de Fuster no povoado e caminhar por horas nas colinas acima da casa, não vendo ninguém exceto lenhadores, deixando a mente vazia. Miguel precisava que acontecesse ali; ele não poderia ter partido. E isso ela não podia entender. Ela não conseguia compreender por que ele não concordou em pegar o jipe naquela noite, com ela, Carlos e Isona, e fugir, partir, não voltar nunca mais. Ela o amaria em qualquer lugar. Ela caminhava milhas todos os dias para passar o tempo antes de ele voltar.

Tentou escrever para a sua mãe e para Michael Graves para contar que havia dado errado, que ele tinha sido tirado de casa cedinho, na manhã gelada, que isso tinha sido semanas atrás e ela estava ali sozinha com a criança. Não foi além de compor a carta mentalmente. Não escreveu; não podia lhes contar isso, ela não compreendia algo fundamental que acontecera ali, nas montanhas.

Um dia, quando foi de carro a Llavorsi para comprar suprimentos, parou no bar para tomar um café. O policial estava lá, o mais velho que havia feito as perguntas. Não se aproximou dele imediatamente, manteve a cabeça baixa. Somente quando pediu um segundo café, pegou o jornal em sua bolsa e começou a lê-lo, que cruzou o olhar com ele, mas tornou a baixar os olhos. Bebeu o café e foi ao balcão pagar. Ele virou-se de costas para ela.

Lá fora, sentiu-se tentada a entrar de novo e falar com ele, mas, em vez disso, decidiu ir à delegacia na praça. Um policial jovem e atarracado estava sentado à mesa. Ele não ergueu os olhos quando ela se aproximou, embora devesse ter percebido a sua chegada. Ela ficou ali por algum tempo, esperando que lhe desse atenção. Por fim, falou.

— *Buenos dias* — disse ela.

— *Buenos dias, señora* — replicou ele sem erguer os olhos da mesa. — *Qué quiere usted?* — Ela respondeu que seu marido havia sido levado de casa três semanas atrás, deu o nome e a data. Ele levantou-se e saiu para a praça. — *Un momento* — gritou-lhe.

Caixas com iniciais estavam empilhadas ordenadamente contra a parede. Acima delas, o Generalíssimo Franco olhava para baixo, orgulhosamente, implacavelmente. Ela ouviu passos e se virou. O policial que ela vira no bar vinha em sua direção, seguido do mais jovem.

Ele pediu seus documentos. Ela buscou na bolsa e lhe entregou a carteira de motorista.

— De onde a senhora é? — perguntou ele.
— Sou irlandesa — respondeu ela.
— É um país católico, não é?
Ela hesitou por um momento.
— Sim — concordou.
— Como a Espanha — disse ele.
— Estou procurando o meu marido — disse ela.
— Sim — disse ele.
— Sabe onde posso encontrá-lo?
— Onde está o seu passaporte?
— Está em casa — respondeu ela.
— Traga-o amanhã — disse ele.

No dia seguinte, ele não estava lá, mas o homem mais jovem disse-lhe para esperar, que ele voltaria. Ela queria ir ao bar e tomar um café, mas ele fora instruído a fazê-la esperar. O *jefe* disse que ela devia esperar.

Assim que chegou, o *jefe* pediu para ver o seu passaporte, que ela lhe mostrou. Ele desapareceu na sala dos fundos. Voltou e jogou o passaporte na mesa e disse que ela não tinha direito de estar na Espanha. Ele a olhou com raiva e ela lhe devolveu o olhar. Pegou de novo o passaporte e disse que ela tinha de partir.

— A minha filha está no povoado — disse ela.
— E daí?
— Eu simplesmente quero saber onde está o meu marido — disse ela.
— Ele não é seu marido — replicou ele.

— Por favor, quero saber onde ele está.
— Ele está na prisão — disse ele.
— Onde?
— Em Tremp — respondeu ele.
— Quando será solto?
— Agora está no hospital com o seu amigo.
— Posso visitá-lo?
— Serão soltos na semana que vem — disse ele e se afastou.
Ela permaneceu à mesa até ficar claro que ele não tinha a intenção de retornar.
— Ele está com o meu passaporte — disse ela ao homem à mesa. Ele deu de ombros. Ela tentou passar pela mesa para falar com o capitão, mas foi impedida. — *Tiene el pasaporte* — repetiu ela.
— *Mañana, puede volver mañana* — disse o policial.
Ela não voltou. Esperou em casa quase o tempo todo, conversando com a filha, tentando pintar, vigiando. O *jefe* havia dito uma semana, e quando o prazo se aproximou, a sua atenção se intensificou, ficou nervosa. Ficava à janela, constantemente alerta a um sinal do jipe, ou mesmo uma figura a pé. Tentou pintar o medo, trabalhou pinturas escuras, com figuras no fundo, figuras indistintas, sinistras. Todas as figuras no primeiro plano estavam nuas, assustadas, enroscadas umas nas outras, como se num inferno.

ELE VOLTOU TARDE, certa noite, e falou como se nada tivesse acontecido e não deixou que ela o olhasse de muito perto. Ele disse que estava bem. Seu braço estava na tipóia. Quando ela se aproximou, viu que o braço estava engessado. Ele pediu para que ela não falasse. De manhã, disse ele, deixariam a criança no povoado e iriam a Tremp buscar Carlos Puig.
Ela acendeu outra vela, para vê-lo melhor. Ele pôs a cabeça sobre a mesa redonda da cozinha. De novo, pediu para ela não falar, para deixá-lo ali, para ir para a cama. Ela não se mexeu.

A intervalos, escutava-o respirar profundamente. Ela perguntou se ele tinha comido e ele ergueu a cabeça, abriu a boca e apontou para dentro. Os dentes da frente estavam quebrados. "*He mengat els dents*", disse ele. Mandou-a deitar-se. Por favor, pediu, vá para a cama. Amanhã, disse ele, iriam a Tremp pegar Carlos Puig. Repetiu isso várias vezes. Vá para a cama, por favor, deixe-me só.

Ela foi para cima com uma vela e deitou-se sabendo que ele não apareceria. Quando levou um cobertor para baixo e pôs em volta dele, ele não se mexeu, embora ela soubesse que não estava dormindo. Apagou a vela e deixou-o lá até de manhã.

Ele não tinha se mexido quando ela desceu. Ela tornou a fechar a porta e vestiu Isona no quarto, depois desceu e pegou o casaco da menina. Isona perguntou se papai tinha voltado — Katherine respondeu que sim, mas que estava cansado e a veria mais tarde. Pegou-a no colo e foi à casa dos Fuster. Ao longe, a neve cobria somente os picos mais altos. O céu estava claro e azul e uma cerração cobria o vale, enquanto o orvalho secava sobre a relva. Deteve-se por um instante e escutou a precipitação da água em volta. A pedra marrom do povoado parecia sólida e estável sob a luz do sol da manhã. Tremp ficava a três horas; Carlos Puig estava em Tremp; ela foi à cozinha e perguntou se Miguel ainda queria ir. Ele perguntou as horas, ela disse que eram oito da manhã. Ele disse que queria ir para a cama, que ela o chamasse ao meio-dia.

Quando ele se levantou, ela o viu mais claramente. Seus olhos estavam injetados, um olho estava roxo e sua cabeça havia sido raspada em várias partes. Estava mancando.

Ela voltou a seu trabalho. Olhou o que tinha feito, as figuras no primeiro plano curvadas de terror e angústia, e a figura de autoridade ao fundo, ereta e suprema. Percebeu como as idéias tinham sido toscas, como a pintura era ruim. Empilhou-as num canto. Mais tarde, as queimaria.

Ele deitou-se no banco de trás do carro na estrada para Tremp. Não falou com ela. Levou uma almofada e um cobertor e se enrolou nele. Saindo de Llavorsi, a estrada era plana e tranqüila. Depois de mais ou menos uma hora, ela sentiu o calor do verão que ainda não chegara às montanhas.

Ela perguntou onde Carlos Puig estava e ele disse que estava num hospício.

Ela perguntou por quê. Ele não respondeu. Ela perguntou de novo o que havia de errado com Carlos Puig, mas ele simplesmente deu um suspiro e disse que não sabia. Ele disse que a polícia tinha quebrado o braço de Carlos Puig com uma marreta, e depois quebrado o dele. Ela perguntou que roupas ele estava usando; ele respondeu que havia recebido aquelas roupas no hospital. Carlos tinha se posto a gritar e não tinha parado; tinha gritado a noite toda e o dia todo até o removerem. Não gritava alto, mas era um barulho que todos podiam ouvir. Ele não podia fazer outra coisa se não o barulho. Havia perdido o controle dos intestinos. Miguel tentou falar com ele, mas ele parecia não ouvir. Miguel falava com ela em um tom de voz neutro, frio, distante. Ficaram em silêncio durante o resto da viagem.

Quando chegaram a Tremp, ele disse para ela virar à esquerda. Por várias milhas não se via nada, exceto campos planos com gado e algumas árvores isoladas, mas depois ela alcançou um grande bosque de pinheiros. Miguel agora estava sentado no banco de trás do jipe. Disse que não tinha certeza, mas achava que deviam virar à direita depois de passarem o bosque. Um dos policiais havia lhe dado essas indicações. Ela viu um edifício ao longe, de modo que, ao chegar a duas colunas de pedra e um portão, saiu do carro e abriu o portão. Não havia nenhuma tabuleta. Miguel achou que era o hospício. Ela passou o portão e saiu de novo do carro para fechá-lo. A avenida era comprida e as árvores enfileiravam-se próximas umas das outras nas duas margens. Chegaram a um grande edifício de pedra. Vários carros e uma camionete estavam estacionados do lado. Dava para ver os leitos através das janelas.

 Entraram por uma porta lateral. O silêncio era total. As paredes estavam pintadas de marrom escuro e o chão coberto de linóleo escuro. Estátuas e quadros religiosos pendurados nas paredes. Quando Miguel abriu uma porta no fim do corredor, se depararam com uma enfermaria, uma ala de mulheres. Ninguém reparou neles. Algumas das mulheres andavam de um lado para o outro, outras estavam deitadas nos leitos. Havia um mal cheiro na enfermaria, e Katherine notou como os cobertores e lençóis pareciam mofados e sujos. Saíram. No fim de um corredor, encontraram uma freira. Miguel falou com ela que, então, os conduziu a alguns andares acima. A freira seguia na frente, sem falar nada. Havia o mesmo cheiro fétido da enfermaria, só que agora abafado por desinfetante. O silêncio era total até alcançarem o último andar. Ouviram gritos ao passarem por várias portas. Subiram uma pequena escada para o sótão. Uma luz tênue atravessava a lucarna no telhado. Os leitos eram juntos. Ela olhou para trás quando um garoto de uns quinze ou dezesseis anos chamou-a e riu. Ela sorriu para ele e ele sorriu. Mais adiante, nessa ala, havia figuras em catres com grades gorgolejando. Alguns estavam deitados, os braços amarrados nas grades. Ela não agüentou olhar para eles.

 A freira subiu para outra ala no ático e eles a seguiram. Ela viu Carlos Puig imediatamente. A sua cabeça estava coberta por uma atadura, mas ela reconheceu os olhos mortos. Suas mãos estavam amarradas na cabeceira da cama de ferro. Ele não os viu. Miguel falou com ele, mas ele não respondeu. Katherine notou que faltavam seus dentes. A freira permaneceu ao pé da cama, esperando.

 Miguel continuou falando com Carlos Puig, mas não aconteceu nada. Disse para a enfermeira que queria levá-lo para casa. A enfermeira disse que ele ainda estava sob custódia da polícia, que Miguel teria de ir à polícia.

Saíram do hospital. Ela virou-se para ele e disse que deveriam ter ido para a França quando puderam, deviam ter desaparecido quando tiveram a chance de fazê-lo.

— O que vamos fazer com Carlos? — perguntou ela. Ele passou por ela e se dirigiu ao jipe. Deitou-se no banco traseiro com a cabeça na almofada e fechou os olhos.

Outono

ELA CORTOU O OVO cozido em um pires para Isona. A criança sentou-se à mesa, de camisola, e segurou uma xícara de leite. Era de manhã. Miguel estava à janela, de costas para ela.

— A neve está voltando. Não vai demorar. — Ela falou em inglês.

— *Qué dius?* — disse ele. Virou-se e olhou desconfiado para ela.

Ela repetiu suas palavras em catalão, ele relanceou os olhos para a janela e depois para ela. Ele não falou, mas virou-se para a pia e começou a empilhar os pratos sujos. Encheu a caçarola de água e a pôs sobre o gás. Ela foi até a porta da frente. Era como se um incêndio tivesse crestado o vale. Tudo estava colorido de tons de vermelho, ou de dourado, ou de marrom, ou de ferrugem. Deixou a criança com Miguel e desceu a estrada para Tirvia, com algumas tintas e papel. Manteve os olhos no vale e observou como cada cor e sugestão de cor brilhava quando iluminada pelo sol. Ela voltou à casa para pegar duas cadeiras — uma em que se sentar e outra para a paleta e a tinta.

Era fácil pintar. Mais fácil do que qualquer outra coisa que já tinha feito. A lenha estava pronta para o inverno e restavam ainda algumas semanas antes da neve. Não havia mais nada a fazer a não ser pintar.

Precisava de dez cores: dez tons de ferrugem, vermelho, dourado e amarelo. E de cada tom, tinha de fazer mais dez. Cada pincelada tinha de ser de uma cor diferente, cada pincelada tinha de ser de um tamanho diferente, com uma textura diferente.

A manhã toda o senso de declínio interferindo, como se fosse uma cor. O papel era bom para se trabalhar; era fácil calcular o efeito que a tinta teria contra o branco. Além disso, o papel não absorvia nada, toda marca que ela fazia se sobressaía e, assim, podia testar cada novo tom. Mas não era o bastante — queria trabalhar uma tela em uma escala maior. Teria de pedir a Miguel que esticasse a tela para ela.

Miguel passava o dia todo com Isona, dormindo com ela à tarde, levando-a nos ombros para a floresta. Quando caía ou chorava, era Miguel que ela queria — ou quando acordava no meio da noite. Estava se acostumando a ficar com o pai. Katherine foi para casa e remexeu no depósito até encontrar grandes achas de madeira, uma pá e uma marreta. Levou tudo de volta à encosta e tentou fincar estacas no solo para apoiar o cavalete. Ao perceber que o solo era duro demais, voltou para casa.

Na cozinha, serviu-se de um copo de vinho e levou-o para a sacada. Acendeu um cigarro e sentou-se para observar o vale, enquanto a luz intensa da tarde começava a esvaecer. Precisaria da maior tela que já usara para pintar o que tinha em mente. Teria pelo menos duas semanas até começar a nevar. Levantou-se e examinou a cena mais uma vez antes de descer até Lidia, para buscar o leite.

Como sempre, como toda tarde, as perguntas de Lidia no estábulo eram sobre Isona e Miguel, e pretendiam esclarecer por que Katherine não cuidava da própria filha.

— O seu marido não está bem — disse-lhe Lidia.

Lidia olhou para ela com cautela, de viés, como se fosse uma ameaça ou um pedido urgente. Ela repetiu:

— *No está bien tu marido.*

Lidia passou-lhe um balde de leite e remexeu pelo estábulo até dar-lhe o troco.

— *Está muy mal* — disse isso mais algumas vezes.

Quando Katherine se virou para ir para casa, se deparou com a mãe de Lidia em pé na sombra. A velha estava falando, mas Katherine não conseguiu entender o que dizia.

Isona estava brincando sozinha no jardim. Katherine pegou-a no colo e levou-a para dentro. Miguel estava na cozinha. Katherine pôs Isona no chão. Havia água quente no fogareiro; ela lavou a jarra e verteu o leite do balde.

Pediu a Miguel que levasse o balde de volta para Lidia. Ele estava tirando os sapatos de Isona e ergueu os olhos. Ela deixou o balde sobre a mesa.

— Lá no estábulo dizem que você não está bem — disse ela em catalão. — Estou farta de ouvi-los.

Ele não respondeu.

Ela pediu que ele esticasse e preparasse uma tela grande para ela. Depois, ele disse, depois, faria isso mais tarde. Tinham de comer e pôr a menina para dormir. Miguel parecia abatido, deprimido. A sua depressão persistira por semanas.

Depois de pôr Isona para dormir, ele levou a lanterna para baixo, para o depósito. Perguntou a Katherine de que tamanho queria a tela. Grande, ela disse, grande. Talvez três metros de comprimento por dois de largura. Ele desceu ao andar de baixo, onde a lenha era guardada, e apareceu com várias tábuas compridas. O dia inteiro ela observara o vale como se fosse um quadro e agora se sentou e observou-o trabalhar sob a luz fraca da lanterna na sala desarrumada, bolorenta, as tábuas do assoalho sujas e irregulares. Isso, também, poderia ser um quadro. Estava ciente que começara a olhar cada coisa como se fosse uma cena, como se precisasse fixá-la na memória, como se talvez nunca mais tivesse a oportunidade de vê-la. Ele continuava magro, até mesmo mais magro do que há quase dez anos, quando o conhecera. Seu cabelo continuava espesso e escuro. Ele gostava de fazer coisas usando as mãos. Trabalhava rapidamente, com uma habilidade extraordinária.

Ela dirigiu-se a algumas telas apoiadas na parede. Encontrou várias telas pequenas imprensadas umas contra as outras. Com uma mão segurou as primeiras e com a outra pegou uma das pinturas mais próximas da parede e levou-a para a luz.

Era uma natureza-morta: um coelho morto pendurado de cabeça para baixo, com batatas, cenouras, pimentões, alho, tomates sobre uma prateleira. O fundo era escuro e a luz vinha de trás do pintor. Gostou da tela e se perguntou por que nunca a tinha visto antes.

Miguel estava pregando duas tábuas, uma na outra. Ela mostrou-lhe a natureza-morta e perguntou de quem era. Ele continuou a trabalhar por um tempo e ignorou a sua pergunta, depois se levantou e foi até ela. Pegou a tela e a segurou na luz.

— É minha — disse ele. — De quando eu era pintor. — Miguel pôs a pintura de volta, exatamente onde estava antes, apoiada na parede.

No QUARTO, ELA fechou as persianas. Tirou a roupa e ficou ali, à luz da vela, olhando-se no espelho: uma mulher nua na penumbra de um quarto iluminado por uma vela; uma mulher nua de mais de quarenta anos. No fundo, uma grande cama de casal com cobertores puxados, como se esperando alguém entrar. Um velho castiçal de metal com um toco de vela.

Pôs primeiro os braços na camisola e depois vestiu-a pela cabeça. Ele sempre dormia nu. Às vezes, usava um cachecol, uma pequena echarpe de seda em volta do pescoço para se proteger de dores na garganta. Cada vez menos beijava-a na boca. Suas mãos tornaram-se o guia entre o seu desejo e o dela. Suas mãos moviam-se por ela incessantemente. Ele mantinha a cabeça enterrada no travesseiro atrás do ombro dela e punha as mãos em todas as partes que queria. Usava as mãos para endurecer o pênis. E quando estava pronto, testava a umidade dela com o dedo, empurrava o pênis para dentro e começava a movê-lo para dentro e para fora.

Às vezes, pegava as pernas dela e as colocava em volta de seus quadris. Às vezes movia o pênis em uma espécie de movimento circular. Sempre queria terminar rapidamente e, sendo um perito em todas as coisas físicas, em acender fogo, cortar lenha, esticar telas, sabia como atingir o orgasmo rapidamente. Não se importava mais se ela gozava ou não.

De manhã, ela desceu à encosta, onde tentara escorar um cavalete. Levou apenas um lápis e um bloco de desenho. Miguel tinha deixado Isona com a mulher de Fuster, no povoado, e estava ocupado preparando a tela. Disse que fincaria as estacas no solo para ela.

Ela selecionou uma seção da paisagem que incluía Tirvia, o vale, as montanhas distantes e o céu, e delimitou-a no papel. Dividiu-a em doze seções e tentou elaborar o que queria.

À tarde, Miguel já tinha a tela pronta e levou-a até ela. Isona acompanhou-o intrigada com a tela e as estacas. Miguel estava distante de Katherine, mas parecia preocupado com a sua aprovação do trabalho que tinha feito. Ela segurou a mão de Isona enquanto Miguel fincava as estacas no solo.

— Mamãe vai fazer um quadro — disse ela. Isona primeiro sorriu para ela e depois riu.

— *El Papa em porta al bosc* — disse ela.

— Que bosque? — perguntou Katherine em inglês.

— *Cap àlla* — apontou ela.

— E o que vai fazer no bosque? — perguntou Katherine.

— *El Papa em conta histories* — respondeu a menina.

— Que histórias? — disse Katherine.

— *La historia del llop que viu al bosc.*

Miguel ouviu e virou-se e rosnou. Era uma brincadeira. Katherine observou-o com alívio. Talvez ele estivesse melhorando. Exceto um, faltavam-lhe todos os dentes da frente. Isona correu para ela como se estivesse com medo e, quando Katherine a pegou no colo, riu.

Quando foram embora, ela dividiu a tela como tinha feito no papel. Sentou-se por algum tempo e observou o vale e a gama de cores. Percebeu como cada cor era exata. Apertou os olhos, de modo a não focá-los em nada.

Começou pela parte de cima, trabalhando primeiro com o lápis no papel para esboçar o que tinha planejado pintar. Esperou até quatro da tarde, até o clarão do sol esmaecer antes de começar a pintar. Havia esquematizado somente as linhas e a direção das pinceladas, mas não as cores. Ficou em pé na cadeira e começou as cores, às vezes deixando as gotas correrem, outras vezes as enxugando.

Estava absorvida na tinta quando escutou Lidia chamá-la. Estava cansada de Lidia. Lidia corria na sua direção, mas ela decidiu continuar a pintar e ignorá-la, fazê-la saber que não estava preocupada com seus gritos. No entanto, ela gritava cada vez mais alto.

— É Miguel — gritou ela em espanhol. — Ele está na cozinha. Está queimando coisas. E a menina está chorando.

Katherine desceu da cadeira e caminhou devagar para casa.

— *Gracias,* Lidia — disse ela, virando-se lentamente e deixando claro o sarcasmo em sua voz.

A menina estava realmente chorando. Ela a ouvia chorar. Entrou rápido na cozinha que estava cheia de fumaça, em parte espessa e escura. Fragmentos de tela tinham caído da lareira e queimavam no chão. Isona estava histérica.

Miguel tinha despedaçado o vidro sobre algumas das pinturas e rasgado as telas e quebrado a madeira da moldura. Depois, jogou tudo no fogo. Pareceu não notá-la quando ela entrou na sala.

Já que não havia nada que pudesse fazer para impedi-lo, pegou Isona soluçando no colo e saiu, deixando-o só para destruir o que restava para ser destruído.

Tirvia

QUANDO TRABALHAVA essas pinturas, deixava a menina com a mulher de Fuster, de manhã, antes de ela e Miguel descerem com a tela e a apoiarem no cavalete escorado nas estacas.

Miguel tomava conta de Isona à tarde. Na hora que importava, na hora em que a luz baça do fim da tarde surgia, Katherine ficava lá sozinha, trabalhando, tentando obedecer aos planos que traçara para a pintura.

Michael Graves escreveu como ela sabia que faria, e disse que iria como ela tinha pedido. Ela não disse nada a Miguel antes de descer de carro para buscar Michael Graves na parada de ônibus. Agora teria de começar a racionalizar, se justificar, explicar. Agora que havia pedido que viesse, teria de falar com ele e escutá-lo.

Antes de o ônibus chegar, ela comprou um pouco de pão, farinha e frutas. Pôs tudo no jipe. O ônibus sempre atrasava, e sentou-se no bar bebendo café.

Havia dois policiais no bar. Ela tinha aprendido a não olhar nem falar com eles. Sentou-se de costas para eles.

QUANDO O ÔNIBUS chegou, ela saiu e procurou Michael Graves, e, ao vê-lo, percebeu como isto era bom. Entraram no bar e ela abraçou-o, ignorando os policiais mais uma vez.

— Como ele está? Algum problema? — perguntou Michael Graves.

— Acho que ele está muito mal. Quero que me diga o quanto é grave.

Partiram em silêncio. Após a primeira curva no caminho poeirento, seguiram ao longo da margem do vale. De súbito, as cores do outono ocuparam toda a paisagem à frente. Por milhas, no planalto ou ao longo da bacia do vale, os amarelos, marrons, dourados do declínio.

— Queria ter certeza de que poderia viver aqui o resto da minha vida — disse ela.

— Por que não pode? — perguntou ele.

— Sempre sinto que apenas pedi o lugar emprestado por alguns anos. Observo-o o tempo todo porque vou precisar recordá-lo. Talvez seja por isso que o esteja pintando.

— O que há de errado com Miguel?

— Se lhe digo o que acho que há de errado com ele e, depois, que o deixo só com Isona todo dia, você vai pensar que há algo de errado comigo e não com ele. Na verdade, não sei o que há de errado com ele.

Ela parou o jipe quando chegaram à tela, que ela havia deixado escorada nas estacas. Estava quase concluída e as seções inacabadas pareciam intencionais.

A pintura parecia ter sido submersa em um dourado esmaecido. Os delineamentos precisos do vale haviam sido cuidadosamente, quase academicamente, incluídos, mas o que chamava a atenção era a cor e, então, o detalhe na cor.

— Está pela metade. Terminei três outras. Acho que esta é a melhor — disse ela.

— É muito forte — disse ele.

— Não gosta? — perguntou ela.

— Gostar? Não é o tipo de coisa que eu faria, mas a acho muito boa — disse ele.

Sentou-se no tapete do lado dela e beijou-a no pescoço.

— Fiquei feliz quando escreveu — disse ele.

Ela não estava prestando atenção. Seu olho se fixara em um ponto do outro lado do vale.

— Lá! Está vendo? Veja! — tentou fazê-lo ver. — Não está vendo? — perguntou ela. — São eles.

— O que houve? — perguntou Michael Graves. — Não vejo nada de errado.

— Não está vendo eles?

— Vejo alguém lá, mas nada de errado.

— Não vê que Miguel está com Isona?

— Katherine, o que está acontecendo? Qual é o problema? Por favor, diga o que está acontecendo.

Ela não respondeu por algum tempo. Ficou observando e, então, voltou a sentar-se no tapete.

— Não sei — disse ela. Fechou os olhos. — Sei que não está entendendo. Desde que Carlos Puig morreu, desde que o trouxemos para cá num caixão, na parte de trás do jipe, e o enterramos do outro lado, lá em Alendo, passei por algo que achei que nunca teria de passar em minha vida: senti medo. A partir de então, as coisas simplesmente se desintegraram. Não sabe como tem sido. Em casa, abrimos o caixão. Não sei por que fizemos isso. Já tínhamos visto o corpo, no hospital. Miguel segurou as mãos de Carlos até tornarmos a fechar o caixão e o levarmos a Alendo, no jipe.

— Talvez seja melhor irmos para casa — disse ele.

— Vamos e depois voltamos para buscar a tela. Não quero que passe a noite toda ao ar livre — disse ela.

— Miguel sabe que estou aqui? — perguntou ele.

— Não.

— Não lhe disse que eu estava vindo?

Katherine deu a partida no jipe antes de falar:

— Sei que vai pensar que há algo errado comigo, mais do que com Miguel. Posso garantir que estará cometendo um grave engano se pensar assim.

— Você vai embora? — perguntou ele.
— Não sei.
— Por que não leva Isona a Barcelona por alguns dias, só até as coisas se acalmarem?
— Nada vai se acalmar.
— Está tendo problemas com Miguel?
— Sabe há quanto tempo não falo com Miguel?
— Não.
— Há vários meses.
— Então, parta por algum tempo. Aqui é tão isolado que deixa qualquer um maluco. Desça.
— Não sei.
— Por que está tão preocupada com Isona ficar com Miguel?
— Acho que ele está de certa forma fixado nela. Não posso falar disso sem parecer ridícula.

TINHAM BUSCADO A tela e o leite de Lidia quando Miguel retornou com Isona adormecida em seus braços. Isona chorou assim que ele a deitou. Miguel abraçou Michael Graves e falou-lhe em catalão, que ele não entendia. Miguel pôs-se a falar com o sotaque local, especialmente ao ver que Michael havia levado várias garrafas de conhaque. Isona ria do catalão de Miguel.

Depois do jantar, Miguel bebeu um copo grande de conhaque de um só trago, bateu as duas mãos sobre a mesa, levantou-se e pegou a menina no colo. Katherine perguntou aonde ele ia. Ele respondeu que ia deixar a menina com a mulher de Fuster, para que pudessem ir ao bar em Tirvia. Ela perguntou a Michael Graves se queria ir, mas Miguel já tinha saído antes de o outro responder.

— Quer ir? — perguntou Michael Graves.
— Você quer?
— Eu topo qualquer coisa, Katherine. Ele parece muito bem. Talvez seja apenas uma primeira impressão e esteja errada, mas ele parece muito bem.

— Sim, é a primeira impressão e está errada. Por outro lado, talvez haja algo errado comigo. Talvez seja eu que você deva observar com cuidado.

Miguel não quis que ela pegasse o jipe. Quis que caminhassem os quatro quilômetros até Tirvia. Não havia lua e somente em alguns pontos da estrada era possível ver as luzes da cidade. Às vezes era impossível enxergar um passo à frente. Ela sentia que Michael Graves estava com medo, por isso ficou perto dele. Ele queixou-se do frio. Ela podia sentir que a neve estava a caminho e que era somente uma questão de dias antes do inverno se instalar.

Não havia nenhum bar em Tirvia, somente uma casa que servia bebida na cozinha. Alguns homens locais já estavam bebendo. Sentaram-se num banco do outro lado da sala e pediram conhaque quente. Vários dos homens aproximaram-se lembrando-se de Michael Graves de uma visita anterior, quando ele passara a noite cantando, e apertaram-se as mãos.

— *Canta molt bé l'irlandès* — disse um deles.

Os homens falaram durante algum tempo entre si, depois um voltou e pediu a Michael Graves para cantar. Michael pediu a ela para dizer ao homem que estava com frio demais para cantar agora, que cantaria mais tarde. Katherine perguntou ao homem se ele podia cantar e ele respondeu que costumava cantar anos atrás, mas que agora não. Anos atrás, antes da guerra.

Miguel virou-se para Michael Graves e disse que tudo aconteceu anos atrás, antes da guerra. Agora não acontecia nada. Costumavam fazer a própria farinha antes da guerra. Agora, não havia nada, nenhuma vida. Foram à janela e olharam para fora.

Michael Graves cantou *The Lass of Aughrim* e fez-se silêncio.

Ela observou Miguel; ele não dava sinais de estar prestando qualquer atenção à música. Quando Michael Graves terminou, os homens aplaudiram e Miguel atravessou a sala para pedir mais bebida. Um dos homens começou uma canção em catalão.

ELA FICOU À PORTA com seu casaco, esperando que terminassem a bebida e fossem para casa com ela.

— Tem conhaque lá em casa. Vamos.

Eles não quiseram ir. Era sempre assim quando bebiam mais que alguns drinques. Aqueciam um ao outro e queriam ficar a noite toda conversando e cantando. Ela voltou à janela em que Miguel estivera no começo da noite; através das poucas luzes ainda acesas na cidade, pôde avistar estrelas de geada na estrada.

Saíram para o frio, iniciando a longa escalada para casa. No começo foi difícil enxergar qualquer coisa no escuro. Michael Graves pediu que parassem até seus olhos se acostumarem à ausência de luz. Eles pararam e escutaram pequenos ruídos: a precipitação da água, o vento, a respiração.

— Vamos — disse Michael Graves e ela segurou sua mão durante algum tempo enquanto caminhavam.

Passados vários minutos, Katherine percebeu que Miguel não estava com eles, que ele se retardara. Ela chamou. Não houve resposta. Chamou de novo. A voz dela retornou como um eco. Soltou a mão de Michael e retrocedeu alguns passos. Michael acompanhou-a. Ela mandou que ele ficasse totalmente em silêncio. Ela ficou imóvel. Não ouviu uma terceira presença, a respiração de mais ninguém. "Miguel", chamou de novo. De repente, sentiu-o perto dela, sentiu como se ele a estivesse observando no escuro. Pegou-se agarrando-se a Michael Graves.

— O que há?

— Sinto que ele está aqui, do nosso lado.

— Ele não está. Não poderia estar.

Juntos, ali permaneceram sem falar.

— Talvez ele tenha seguido em frente — disse Michael Graves. — Talvez, se nos apressarmos, possamos pegá-lo. — Pôs-se a caminho e ela o seguiu. Ela estava com medo.

MIGUEL NÃO APARECEU durante a noite e, quando ela despertou pela manhã, precisou de um tempo para se dar conta de que o som que a acordara havia sido o seu próprio som, que ela gritara de dor, da dor fosse qual fosse que enchera o seu sonho.

Ficou deitada por algum tempo e observou a luz encorpada da manhã.

O sol estava alto. Ela apreendeu cada objeto no quarto. Pôs-se a evocar Enniscorthy, seu último ano em casa, como foram no velho Morris Oxford, em uma tarde de domingo, a Blackwater. Devia ser novembro ou dezembro, e lembrou-se de que o céu era de um azul transparente como o gelo, sem nenhum vestígio de nuvens, e o dia foi calmo, como se o inverno tivesse terminado e a primavera chegado. Desceram costeando o rio, Tom, ela e Richard, ao longo do que tomaram por uma passagem permitida. Passaram por uma ruína e, depois, atravessaram uma ponte para pedestres que dava em um pequeno chalé caiado.

Ela lembrou-se de que Tom quisera voltar; ele achava que estavam violando propriedade alheia, mas Richard quis prosseguir e ela também. A casa estava bem conservada; havia rosas na frente, ou talvez outras flores vermelhas, ou talvez o telhado galvanizado estivesse pintado de vermelho. Tom insistiu em retornarem.

Não haviam reparado nas outras pessoas lá fora; e ela não reconheceu o homem que vinha na direção deles, até ele falar e ela se lembrar do homem que pintara as peças do andar de baixo de sua casa. Ele disse que o dia estava bonito.

— Sim — disse ela. — Parece um dia de primavera.

— É um bonito local para um passeio — disse ele.

— Sim, é bonito — replicou ela. Tom não disse nada.

— É de dar pena aquele pessoal — disse o homem e apontou para a casa. Tom deixou-os e seguiu seu caminho sem falar uma palavra, mas ela e Richard ficaram enquanto o homem prosseguia.

— Coitados. Estávamos agora mesmo comentando como foi terrível — disse a mulher do homem.

— Quando isso entra numa casa, é o fim — acrescentou o homem. Katherine via que Tom estava esperando que encerrassem a conversa. Tom não se misturava com católicos.

— Desculpe, não sei do que estão falando — disse ela.

— A tísica — disse o homem.— Todas as quatro filhas mortas com isso. As quatro se foram. Agora, ela não tem mais ninguém, a mãe.

— Não entendo — disse Katherine.

— A última foi enterrada, quando mesmo? Duas semanas atrás, na sexta-feira — prosseguiu.

— O que aconteceu com elas? — perguntou Katherine. — Como todas morreram?

— A tísica, a tuberculose — respondeu o homem — destruiu quase toda a região. — Começou a afastar-se. — Um bom dia para vocês — disse ele.

— Adeus — disse Katherine, e ela e Richard juntaram-se a Tom que os esperava.

KATHERINE ESTAVA preocupada com o silêncio, com aonde Miguel teria ido. Talvez estivesse em casa e aparecesse se ela o chamasse.

Como Enniscorthy persistia nítida em sua mente enquanto deitada na cama. Como era precisa sua recordação das colinas da cidade, do verde da relva ao redor da igreja protestante, da samambaia presa ao parapeito da ponte. Do fogo ardendo na sala de leitura do Atheneum e a comprida mesa de madeira com as pernas entalhadas, a mesa cheia de jornais e revistas. Do mapa do condado na parede, suas cores amarelecidas, desbotadas, e a enorme foz do Slaney, que agora, nos mapas mais recentes, estava totalmente ocupado. A sala de bilhar nos fundos, onde o silêncio era ainda mais sagrado do que na sala de leitura, a cortina verde de baeta e o enorme abajur sobre a mesa.

Quando ouviu passos no *hall*, teve certeza de que Miguel tinha voltado. Sentiu-se aliviada, quase feliz. Mas quando a porta do quarto se abriu, viu que era Michael Graves.
— Ele voltou? — perguntou ela.
— Eu não o vi — disse ele.
— Deve ter ficado fora a noite toda. Achei que ontem tivesse chegado em casa antes de nós. Onde estará?
— Está acordada há muito tempo? — perguntou ele.
— Passei a manhã toda acordada.
— Acabei de acordar — disse ele.
— Você dormiu a manhã toda. Temos de descer e buscar Isona.
— Não, ainda é cedo. Não acho que Lidia já tenha posto as vacas para dentro.
— É claro que sim. Ela as levou há umas quatro ou cinco horas. Veja a luz.
— Ainda não são oito horas.
— Não acredito em você.
— O meu relógio marca cinco para as oito.
— Está errado. Já passa do meio-dia. Estou acordada há horas.
— Não, o meu relógio não parou. A hora está certa.
Ele foi à cozinha e trouxe o relógio. Eram cinco para as oito.
— Eu confundi tudo, não foi? — disse ela. — Não foi?

Miguel

ELE ESTAVA DESAPARECIDO. Ela acreditava que ele estava perto. Ela ficava à grande janela da sala comprida, lugar de onde observara a primeira neve. O vale no outono. Ele era outro ser no meio de toda aquela vida lá fora, um elemento pequeno, tão importante quanto uma árvore na grande variedade de coisas. Nem a sua consciência nem a dela tinham qualquer importância. O seu amor por ele, ela achava, era mais um padrão insignificante de pesar e felicidade. O seu amor por ele era como o hálito na vidraça.

Deixou Isona com a mulher de Fuster e lhe disse que Miguel tinha ido a Barcelona. Depois levou Michael Graves ao pequeno cemitério no promontório em Alendo onde Carlos Puig estava enterrado. Sentaram-se e olharam o vale e o povoado. Michael Graves pegou os binóculos novos que levara e vasculhou o vale. Por fim, perguntou:

— Vai descer comigo?

— Não sei — disse ela.

— Vamos agora, hoje, é só entrarmos no jipe e partirmos. — replicou ele.

— Para onde?

— Barcelona.

— Não sei o que fazer. Ele estava bem ontem à noite. Estava em boa forma quando o viu.

— Deixe-o por algum tempo.

— Já fiz isso antes.
— Foi uma decisão acertada?
— Maravilhosa. É algo esplêndido a fazer, deixar um pai com seu filho de dez anos. — Ela riu.
— Então foi ruim?
— Sim, é claro que foi.
— Agora é diferente.
— Deixe-me em paz, Michael. Não me dê conselhos.
— Vamos — disse ele.
— Quero que saiba que jamais abandonarei Miguel.
— Deixe um bilhete dizendo que foi a Barcelona com Isona por alguns dias.
— O quê? Pregado na porta?
— Em cima da mesa.
— Não sei.
— Não é o mesmo que deixá-lo para sempre.
— Acha que eu poderia voltar?
— Acho que os dois deveriam ir embora daqui.
— Não diga isso.
— Pegou seu passaporte de volta?
— Não, mas escrevi à embaixada em Madri dizendo que o perdi. Enviei-lhes a certidão de nascimento de Isona também, para que ela seja registrada no meu passaporte.
— Pode ligar para eles de Barcelona.

Michael Graves havia se inclinado para trás e contemplava o céu. De repente, endireitou o corpo.

— Não é o seu jipe? — perguntou ele, e ela tentou escutar o barulho do motor, mas não ouviu nada de início. Então, vindo da direção do povoado, ouviu-o e teve certeza de que era o seu jipe.

— É o seu jipe? — repetiu ele.

— Sim, mas não consigo imaginar quem o estaria dirigindo — disse ela. O acelerador tornou-se mais ruidoso, como se o jipe estivesse forçando a marcha errada. Ela ficou intrigada.

— Deve ser o jipe do leite, não tenho certeza. — Escutara, o jipe partindo, mas continuava a soar como se estivesse na marcha errada.

— É alguém que não sabe dirigir — disse Michael ao se levantarem.

Quando o jipe ficou à vista, ela viu que era o dela. Estendeu a mão para pegar os binóculos, mas Michael não os deu a ela.

— É Miguel que está dirigindo, não é? Deixe eu ver. — Ela tirou os binóculos da mão dele. Através deles pôde ver Miguel nitidamente.

— Ele não pode dirigir — disse ela, olhando.

— Quem mais está no jipe? — perguntou Michael.

— Ninguém. Só ele.

— Me dê os binóculos — insistiu ele. Ela passou-os para ele.

— Há mais alguém no jipe — disse ele e, então, soltou um grito. — Oh, Cristo!

Ela pegou os binóculos, mas teve dificuldade em focá-los, em ver o jipe. Então, o viu.

— Está com Isona no carro. Está com ela no banco da frente.

— Corre — disse Michael. — Temos de pegá-los. — Ela devolveu-lhe os binóculos.

Ela não conseguiu se mexer. Ouviu a marcha rangendo.

— Meu Deus — disse ela —, que nada aconteça. Que tudo corra bem. — Desejou que Miguel achasse a marcha certa.

— Vamos — disse Michael. — Vamos até lá.

Ela sabia como era fácil a engrenagem. Sabia também como Miguel era teimoso, como ele odiava dar o braço a torcer.

— Eles vão bater, eles vão cair. — Nesse momento, o jipe deu uma guinada para a beira da trilha. Passou por cima, rolando e saltando. Em poucos segundos, estava no fundo do declive íngreme, deixando uma esteira de poeira e pedras soltas.

Michael Graves já corria à frente, gritando para ela. Ela olhou para a quietude abaixo, onde o jipe tinha caído. Ouviu-o gritar para ela segui-lo, mas não conseguiu se mover.

Parte dois

Barcelona: 1964

MIGUEL MORREU HÁ cinco anos, agora estou em Barcelona. Ontem, no final do dia, os andorinhões retornaram à cidade. Lembro-me de como nos sentamos certo dia quando o céu escurecia e os contemplamos frenéticos lá em cima, no ar, na Calle Carmen. Tínhamos bebido. Eu me lembro. Os andorinhões alvoroçavam-se no ar.

Eu os estou observando agora, Miguel. Voam para as fendas nas pedras das casas no Barrio Gótico. Eu sou a mulher à janela, com a cadeira metade na sacada, a cadeira de bambu com descanso para pé que resgatei de uma pilha de lixo na Calle Ancha.

Os andorinhões ziguezagueiam acima da Calle Condesa Sobradiel.

Toda manhã subo até a Plaza Regomir, justo quando as crianças estão sendo levadas à escola. Lá, vou a um café. Sento-me olhando para a plaza.

Miguel, agora estou em Barcelona. À noite, o clangor dos apitos sinalizando o nevoeiro chega até aqui do porto. Durmo na sala da frente, quando estou deprimida. Gosto do barulho à noite, dos gritos na rua, das conversas que prosseguem embaixo da janela, do táxi passando ruidosamente. Muitas vezes acendo a luz e tento ler, mas não consigo me concentrar. Ao amanhecer, às cinco ou talvez seis horas — depende —, me visto e saio. Caminho até a Calle Fernando e, então, à Plaza San Jaime. Na luz cinza e desmaiada, ando pelo Barrio Gótico. Sento-me na Felipe

Neri, como costumávamos fazer. Desço a Santa Eulalia até Baños Nuevos, entro na Plaza del Pini, caminho ao longo da Petritxol até as Ramblas.

Nos mercados, já estão acostumados comigo. Os homens que trazem produtos do campo nem mesmo comentam. Lá, dois bares abrem cedo e é onde vou tomar café quando vejo que não há chance de voltar a dormir.

Certa vez, deve ter sido no quarto dos fundos do apartamento de alguém, ficamos juntos, não estou certa por quanto tempo, um ano, certamente foi durante um ano. Não era um quarto familiar, acordei e seus braços estavam em volta de mim. Foi como se tivéssemos ficado nos tocando por bastante tempo. Fizemos amor várias vezes durante o resto da noite, às vezes cochilando entre uma vez e outra. Estávamos trancados um nos braços do outro. Isso nunca tinha acontecido e nunca tornou a acontecer com tanta intensidade.

Todas as noites depois de sua morte tomo comprimidos para dormir. Dois, me disseram, nunca mais de dois, tenha cuidado. E fiz como mandaram. Nunca mais de dois.

Miguel, a minha luta agora é com o sono. Agora, que não quero mais tomar comprimidos, perdi o controle sobre o fluxo e refluxo das marés do sono. Há semanas que rondo os mercados e o Barrio Gótico. Há semanas que fico no escuro da sala da frente deste apartamento na Calle Aviño e ouço todos os ruídos. Não consigo fazer nada durante o dia todo; estou fraca e não consigo me concentrar.

Então, isso passa: o sono brota lentamente como o sangue de um corte e tento segurá-lo. Vou para o quarto dos fundos, para o ar denso do quarto sem janelas e durmo a noite toda.

Miguel, eu sou a mulher que vagueia pelo interior do porto quando a luz do dia esmaece, transportando uma tela, um cavalete e óleos. Esse é o meu trabalho agora. Quando o dia míngua, eu pinto o porto de Barcelona. Eu pinto o som do apito sinalizando o nevoeiro e o nevoeiro. Os armazéns, guindastes, contêineres. Pinto o comércio.

Como eu poderia explicar àqueles dois homens encarregados do porto? O escritório era só madeira encerada e bronze, impregnado do cheiro de documentos antigos empilhados por toda parte: licenças para os produtos despachados para Valência, Marselha, Gênova, Nova York. E os dois me escutando do outro lado da mesa e eu mostrando o catálogo de minha exposição e tentando explicar por que queria pintar o porto.

Não viam nada ali para um pintor. Achavam que eu deveria ir a uma costa como Sunyer — usaram esse nome — ou às montanhas, como Miró. Um porto não era para ser pintado. O porto era feio, sujo de óleo, fétido. Disse-lhe que já havia estado nas montanhas e no mar. Um dos catalães era moreno, com um pequeno bigode grisalho. Ele franziu o cenho. Eu disse, vocês têm de autorizar, não têm nada a perder. Ele assentiu com a cabeça, o moreno.

— *Bueno* — disse ele —, *si vol vosté pintar el port...* — e deu de ombros. Entendi como uma aprovação e agradeci aos dois. Pedi uma carta que me permite acesso ao porto a qualquer hora.

Eu ia pintar a luz ao entardecer; os objetos ficavam no plano de fundo. Tudo emudecia, descoloria, prestes a fazer parte da noite. É o lugar mais misterioso do mundo. Cargueiros chegam e são mantidos por um dia no cais ou num armazém, e depois removidos; navios atracam e mais produtos são carregados e descarregados; os edifícios do porto são amplos e belos. Pinto o que é transitório enquanto pulsa debilmente na luz.

Recentemente, todo o trabalho tem sido opaco: obscureci todas as cores. Agora, comecei a pintar seções do porto em pequenas telas quadradas.

Ouça, Miguel, Ramon Rogent morreu. Eu o via diariamente quando voltei. Ramon e Montserrat me fizeram ficar. Ramon estava dirigindo, era um bom motorista. Não sei por que foi morto.

Toda a minha dor voltou. Eu revivi a sua morte. Eu me perguntava como seria o dia seguinte, continuaria a remoer os pensamentos por horas, continuaria a querê-lo de volta no quarto agora, fazer amor, rodar os bares com você?

É impossível, apesar de você ter morrido e eu um dia também ter de morrer, apesar de sofrer freqüentemente de solidão, é impossível não considerar o milagre de estar viva, de observar os andorinhões rodearem o ar assim que a noite vai cair, o velho subindo a Calle Condesa Sobradiel — a dádiva da consciência, a vida que ainda resta em mim.

Posso virar a cabeça agora e contemplar o quadro que comprei de Ramon Rogent — *A rede*. Todas as técnicas que ele aprendeu de Dufy e Matisse estão ali, mas nas cores do vestido da mulher, no luxo transparente da tinta, há Ramon. Ramon franzindo o lábio para sorrir com seu rosto fino. Tenho essa pintura na sala como um símbolo da alegria.

Às vezes, trabalho com afinco. Vivo com a tinta e me deleito no prazer que ela me dá. É como se eu estivesse emplastrando a tela com argila, com o pincel ou com meus dedos, como se fosse um elemento essencial. Deixo o quadro ali para descansar, depois retorno para avaliá-lo quando a experiência de fazê-lo se encerrou, quando passa a ser meramente o que restou de um certo tempo, quando se torna mais um no repertório de coisas.

Há amigos: outras vidas em que tocar de leve. Mas não haverá novas intimidades como as antigas. Haverá sempre uma reserva, coisas que devemos omitir, eventos que não podemos explicar sem transmitir um mapa completo da nossa vida, desdobrá-lo, esclarecendo que todas as linhas e contornos representam longos dias e noites quando as coisas estavam ruins, ou boas, ou quando as coisas eram pequenas demais para serem descritas: quando as coisas simplesmente eram. Isso é uma vida.

Vou ao Palau de la Música. Às vezes, ao penetrar no *hall* e subir a escadaria principal, o vejo como o vi no primeiro ano em

Barcelona. As cores e os motivos distraem da música, são excessivos. Mas, em alguns momentos, quando a luz diminui e olhamos o palco, podemos sentir o esplendor do edifício.

Vou com uma amiga catalã, Maria Jover, cujos olhos ainda se enchem de lágrimas quando fala sobre a guerra civil. Gosto de sua suavidade e de seu preconceito. Vou à casa dela no sábado, para almoçar. Às vezes a sua filha está lá e gostam de falar sobre cultura: uma exposição, um concerto, Barcelona antiga, livros. Maria Jover mostrou-me o catálogo de uma exposição de há quase vinte anos em que você estava.

Precisei de algum tempo para falar de você. De início, mencionei que o tinha conhecido e a percebi me observando, isso foi algumas semanas antes de ela mencionar que soube que você tinha ido para os Pirineus viver com uma *anglesa* e eu disse sim, que vivi com você e que estava lá quando morreu e que tínhamos uma filha que também morreu no acidente, e que eu estava inconsolável com a perda de vocês dois.

Falamos muito sobre pintores e pinturas. Ela mora do lado de Santa Maria del Mar. Seu marido também foi preso depois da guerra civil. Ela não me contou o que aconteceu com ele — mas eu gostaria de saber por que nunca mais pôde trabalhar. Ele só morreu recentemente. No entanto, Maria dá a impressão de ele ter morrido há muito tempo. Nunca lhe perguntei demais sobre isso. Ainda assim as presenças dele e sua pairam sobre a nossa conversa. Quando vamos a um concerto juntas, é como se tivéssemos de guardar mais dois lugares, um para você e outro para o marido dela que foi torturado depois da guerra civil. Para nós duas, a realidade está em ser lembrada. Para mim, toda a cidade de Barcelona, cada rua por que passo, todos os dias, desperta recordações dos anos que passamos juntos.

Na semana passada, Maria e eu saímos depois de um concerto no Palau. Não falamos; freqüentemente ficamos em silêncio quando saímos. Estivemos escutando suítes para violoncelo de

Bach. Somente um único instrumento. A música me comoveu. Maria disse que escutara Casals tocando Bach em Prades. A música me deprimiu. Não consegui enfrentar a noite sozinha tentando dormir.

    Convidei-a para beber algo. Acho que ela não queria. Eu estava farta de estar só. Ela disse que beberia uma xícara de café, mas pareceu relutante. Levei-a ao Meson del Café, aonde você ia esperar por mim e Michael Graves depois da primeira metade do concerto, esperar por mim e Michael Graves quando você tinha acabado de olhar o vitral no teto e as garotas catalãs. Na época, você não tinha tempo para a música.

    Sentei-me lá com ela. Pedi conhaque e café. Ela estava pouco à vontade no bar. Ela não vai a bares e não sabe nada da minha vida, além do que contei. Falei do último ano da nossa vida juntos. Contei-lhe sobre Carlos Puig.

    Não contei como você morreu, como Isona morreu. Sei que você estava dirigindo o jipe e que o jipe deu ré para fora da estrada logo na saída do povoado. Sei que Isona estava no banco da frente e sei que ela quebrou o pescoço. Fiquei sabendo, eles me disseram que ela morreu no mesmo instante. Também me disseram que você ainda estava vivo quando chegaram. Ninguém nunca me disse se você falou alguma coisa e eu nunca perguntei. Sempre presumi que estivesse ferido demais para falar, mas talvez pudesse abrir os olhos, talvez pudesse escutar. Não posso preencher essas lacunas. Eu não sei o que você sentiu. Desisti de entender o que você sentiu algum tempo antes.

    Há uma coisa. Não consigo contemplar o que aconteceu quando o jipe saiu da estrada, aqueles momentos. Não consigo refletir sobre o que aconteceu quando o jipe saiu da estrada. Isona gritou? Miguel, o que ela fez, a pobre criança? Miguel, agora estou em Barcelona. Não consigo pensar no que aconteceu. É algo que me impeço de fazer todas as horas do dia e da noite.

    Posso senti-lo perto.

Eu disse a Maria que realmente tive de parar de pensar nisso. Eu não disse que você quis se matar e matar a criança. Tampouco insinuei isso. Eu disse que foi um acidente. Eu disse que você não podia dirigir. Eu disse que talvez você tenha engrenado a marcha errada. Eu disse que as estradas eram ruins. Eu disse qualquer coisa. Disse que o declive era escarpado. Eu não sei o que aconteceu. Tinha perdido o contato com você. Você tinha desaparecido. Eu nem mesmo sei como conseguiu dar a partida no jipe.

Maria também tem um homem de quem se lembrar. Não sei o que fizeram a ele. Não sei que método usaram para acovardá-lo. Ela sabe o que aconteceu; foi público; ela detém os motivos. Eu não. Portanto não posso julgar. Faltam fatos.

Não se mexa. Fique parado. Posso senti-lo próximo.

É o fim da primavera em Barcelona, quase verão. Os andorinhões estão frenéticos. Eu sou a mulher à janela com a cadeira metade na sacada, a cadeira de bambu com o escabelo que peguei numa pilha de lixo na Calle Ancha.

Demoro-me aqui sem saber o que fazer. E Michael Graves ainda me quer, depois de todo esse tempo. O seu fracasso em tudo o mais tornou-se, para ele, o seu fracasso comigo. Fracassou ao tentar me convencer a viver com ele, fracassou em me fazer crer que pode cuidar de mim.

Não vou usá-lo.

Houve momentos em que quis fazê-lo. Eu precisava de alguém, eu precisava de um conjunto de circunstâncias domésticas, alguém com quem conversar, partilhar as refeições, fazer amor, ir a bares. Nunca fiz amor com ele, apesar de, às vezes, ter querido; mesmo quando estava com você, anos atrás, eu quis. Talvez se tivesse feito amor com ele as coisas tivessem sido diferentes.

Na época, eu não fiz amor com ele.

Tenho dúvidas se o sexo tem importância para nós agora.

Solidão, perda de vitalidade, egoísmo, insônia, esses são alguns de meus problemas. Ele bebe demais, ele trabalha muito pouco, ele precisa muito de mim, demais para que eu possa aceitá-lo. Não estou apaixonada por Michael Graves, esta é a resposta. Não posso viver com ele. Não tenho nada a lhe oferecer, não posso cuidar dele, não posso ser o foco de sua esperança. Quero que ele vá embora. Quero você de volta.

Quero você de volta. É isso o que quero.

Vejo-o tão freqüentemente quanto possível. Continua divertido e bem-humorado, e ainda ama Barcelona. É um alívio vê-lo. Tenho de mantê-lo sempre perto.

Quer que eu volte com ele para Dublin. Diz que não posso ficar aqui para sempre, remoendo pensamentos sobre você. Diz que tenho de me mudar, nem que seja para Londres, ou qualquer outro lugar fora da Espanha. Talvez esteja na hora de abandonar tudo isso.

Fui para a Irlanda com ele no ano passado. Não fui a Enniscorthy e vivia com medo de alguém me reconhecer. Nas ruas de Dublin, estava sempre vendo pessoas que achava que conhecia. Ficava alerta e acabavam se revelando pessoas diferentes, que eu não conhecia.

Passamos uma semana em Hook Head. Alugamos um carro e partimos de Dublin. Passamos por Wexford quando o dia de abril se esmaecia e seguimos em direção ao mar. Uma luz rosa, comedida, cobria tudo. Dirigimos para o mar ao cair da noite, Michael e eu, contemplando a luz extraordinária. Nenhum de nós a tinha visto antes, embora tivéssemos nascido, todos os dois, a somente trinta milhas dali. Era como estar em outro país. No primeiro acostamento, paramos para observar. Tudo era governado por essa luz. Tudo era transformado por ela.

Estávamos em Hook Head com o mar dos três lados. Essa é a Irlanda em que imaginei você e eu clandestinos. Ficar em lugares pequenos como marido e mulher. Quase amei Michael Graves naquela noite.

Devo partir daqui; devo parar de sentir saudades de você. Tenho de deixá-lo morto, deixá-lo enterrado em Alendo, no cemitério, os primeiros corpos a serem enterrados ali em anos, sob a lápide de mármore que mandei vir de Barcelona. Você, Isona e o pobre Carlos Puig, cujo corpo jaz do lado de vocês.

Há uma única questão que não sai da minha cabeça, que é o que aconteceu quando o jipe saiu da estrada. O que passou pela sua cabeça? E Isona? Você sabia o que estava fazendo? Por que a levou?

Foi com isso que você me deixou: angústia, especulações, dúvidas. Insistentes. Ajude-me, Miguel, ouça. Agora estou em Barcelona. No entardecer de ontem os andorinhões retornaram à cidade. Lembro-me de quando nos sentamos certo dia quando o céu escurecia e os observamos frenéticos no ar acima da Calle Carmen. Tínhamos bebido. Eu me lembro. Os andorinhões alvoroçavam-se no ar.

Dublin no Inverno

DUBLIN NO INVERNO. Em novembro, o céu era de um cinza intenso e frio; a luz era clara e frágil. Em dezembro, a escuridão quase nunca abandonava o céu; o dia era um interlúdio.

A neblina espalhava-se por todos os lugares em janeiro. No pequeno agrupamento de casas na Oxmanstown Road, para onde se mudou ao retornar à Irlanda, a fumaça das chaminés não subia, pendia pesada no ar o dia inteiro. De manhã, havia gelo na trilha de pedestres; era um frio úmido e cortante.

Michael Graves telefonava toda manhã e vinha à cidade duas ou três vezes por semana. Às vezes, bebiam até a hora de fechar o *pub* Mulligan's em Stoneybatter; algumas noites, ela cozinhava para ele, mas não era boa cozinheira.

Esse era o seu segundo inverno. Raramente ia além das poucas ruas ao redor da sua casa. O clima lembrava-lhe a impressão que certa vez tivera da morte. Ser envolvida assim, em um frio casual, alienígena.

Não lhe ocorria nada a fazer. Tudo em que tocava estava úmido; todas as noites, os lençóis na cama estavam úmidos, independentemente do quanto deixasse o cobertor elétrico ligado. As paredes ficavam úmidas. Sentia a umidade em toda parte; sentia a umidade nas roupas que estava usando.

Havia dois quartos no andar de cima da casa. A sala da frente estava cheia de suas coisas: pinturas antigas, pinturas pela metade. Tentava ficar na cama pela manhã, tentava pintar quando se levantava. Michael Graves deu-lhe livros. Às vezes, havia música no rádio e isso era bom.

Na sala da frente no térreo, havia um sofá onde Michael Graves dormia quando ficava lá. Ele era tão solitário quanto ela, se bem que tivesse seus *pubs*, seus amigos, e uma certa rotina de vida na cidade. Quase nunca pintava, só sob encomenda e, mesmo então, era lento e irritado. Vivia do auxílio desemprego que recebia toda semana. Reclamava da falta de dinheiro, reclamava do preço do seu apartamento. Queria mudar-se com ela.

Ela gostava dele. Talvez o amasse. Precisava dele no outro lado da cidade, como um visitante, como um companheiro constante.

Uma Carta de Faro

>   Hotel Eva
>   Faro
>   Portugal
>   8 de maio de 1971

MICHAEL GRAVES, MEU AMOR.

Como deve ter visto no papel de carta e no selo no envelope, não estamos em Veneza, como pretendíamos. Isso talvez o surpreenda e lhe asseguro que foi uma surpresa para mim quando chegamos ao aeroporto de Londres e mamãe mostrou as passagens. Vai perceber pela data acima que se passou uma semana e que ainda restam cinco.

Ocupamos três quartos no Hotel Eva. Mamãe e eu, cada uma de nós tem um quarto com suíte. Entre os quartos, há outra peça com uma mesa de jantar e algumas poltronas, todas as peças têm uma sacada com vista para a pequena marina. Como a mamãe diz, é "muito mais bonito que Veneza, não é, querida?, muito mais bonito que Veneza".

Mamãe está mais do que entusiasmada. Nunca foi desanimada, mas para essas férias parece ter-se mirado em várias personalidades do cinema. Ela trouxe um monte de romances de Henry James.

Jantamos às oito em nossa sala de jantar. Mamãe pede que eu esteja vestida antes de ela começar. Ela sabe sobre você, ou pelo menos sabe algo sobre você. Perguntou de onde era. Eu disse. Ela olhou para mim. Enniscorthy, disse ela, nós somos de lá. Sim, eu disse, eu sei. "Como é mesmo o seu nome?", perguntou e repetiu-o devagar. "Ele teve um avô chamado Michael Graves?" Respondi que não sabia. (Teve? Se teve, me envie um telegrama.)

Ela lembrou-se de um homem chamado Michael Graves. Era alto. Você foi alto? (Você é alto?) Lembrou-se de que ele era o único homem de Enniscorthy na virada do século que sabia escrever o nome. "O resto só escrevia um X, querida, imagine só." Olhou para mim provocando-me a dizer que não acreditava nela. Depois acrescentou: "Ele é católico, não é?" Respondi que sim. Isso foi há uma semana, nosso primeiro dia na praia, e desde então ela fica rindo para si mesma e dizendo: "Minha filha está saindo com um rapaz da cidade, um católico." Repete isso quatro ou cinco vezes por dia e não me parece que vá parar.

Tenho muito tempo livre. Espero que não se importe se eu flanar um pouco. Ontem à noite, minha mãe olhou pela janela e viu a cidade. "Oh", disse ela, "há uma cidade e também uma praia. Uma cidade. Espero que não pretenda sair com algum dos rapazes, querida." Ergui os olhos do meu livro. "Estou velha demais para rapazes." Fez-se silêncio durante algum tempo. Então, ela disse: "Sim, estou sim." Ela tem quase oitenta.

Há a cerimônia conhecida como levar mamãe à praia. Não há nenhuma praia na cidade e ela já sabia disso antes de chegarmos. A praia fica a duas milhas do outro lado da lagoa. Mamãe adora dizer a palavra lagoa. "Há uma lagoa, querida, igual a Veneza." O hotel fornece um barco a motor e um condutor. Primeiro a mamãe tem de ser retirada do quarto, com seus chapéus, óculos escuros, echarpes, colares e romances de Henry James. Em seguida tem de ser auxiliada a sair do elevador e entrar no barco. No barco tem de haver uma poltrona e um escabelo, assim como uma mesa para ela usar na praia. O barqueiro, ou, como ela o chama, o balseiro, se encarrega da mobília. Ela comenta sobre tudo que acontece. "Agora estamos prontas", ela dirá, "para o balseiro nos atravessar." Ou: "Estamos na metade do caminho, querida, metade." O barqueiro, então, tem de carregar toda a mobília para um *toldo* e depois pegar mamãe e sentá-la à sombra, com os pés no escabelo, o chapéu na cabeça e seu Henry James sobre a mesa. Também terá organizado uma pequena cesta e uma gorjeta para o balseiro que a conduziu na travessia ao outro lado da lagoa. Uma gorjeta para o balseiro! Estou falando sério.

A partir daí, são conselhos, comentários, fofocas, reminiscências. Nada do que me diz é verdade, ou talvez parte seja verdadeira, mas não uma parte grande. Toda vez que me sento ao sol, ela pressagia que estragarei minha pele. Nunca fique ao sol. Repete isso cinco vezes ao dia. Nunca fique ao sol. Um dia, ela baixou os óculos para a ponta do nariz e olhou para mim. "Mas nossa", disse ela, "seus seios desapareceram." Não lhe perguntei o que queria dizer. E quando nado, ela diz que o meu pai nunca foi a favor da natação. Sempre desencorajava seus homens a nadarem. Seus homens? Perguntei se ele tinha sido do exército e ela respondeu que era claro que não, quem pôs isso na sua cabeça?

A minha mãe também tem opiniões sobre o Norte. "Situação terrível, terrível, isso não deveria nunca ter acontecido." Parece que leu alguma coisa sobre a história irlandesa ou o Norte, sobre o que não pára de falar. "Sabe, li que os católicos têm sido tratados de uma maneira terrível lá em cima. Que época terrível. Sabe, eles não podiam votar." E então, volta ao seu livro.

Não tenho permissão para gastar dinheiro. Esta, diz ela, é a sua última viagem. No futuro estará velha demais para ir aonde quer que seja, e pobre demais. O dinheiro acabou, está sempre me dizendo. Em seguida, olha para mim: "Nunca vendeu nenhum desses quadros, querida?" Digo que sim, mas ela já está absorta de novo na leitura.

Ela está vivendo do dinheiro da venda de uma casa. Além disso há a sua casa em Londres, que ela vai vender para se mudar para um pequeno apartamento em uma casa para idosos — pelo menos é assim que ela chama.

Sinto-me uma acompanhante paga, sem permissão para me afastar nem por um instante. Por isso ela escolheu aqui em vez de Veneza, eu acho. Em Veneza eu teria uma desculpa para sair e ver os quadros, e ela não poderia ir comigo. Além do mais, em Veneza há senhoras idosas frágeis e senis em todo canto. Aqui, no Hotel Eva, mamãe é uma novidade. Ela gosta de ser uma novidade. Sinto que a qualquer momento a máscara cairá e ela voltará a ser séria como antes. Essa é a mulher que fugiu, quando eu era pequena, por causa do que se referiu outro dia como o seu pavor dos irlandeses. Essa é a mulher que financiou a minha própria fuga e a minha vida ao longo dos últimos vinte anos, que não me fez nenhuma pergunta, mas que se deleitava com cada parcela de informação que eu lhe fornecia sobre o que estava fazendo da minha vida. Ela gosta de quando eu falo de Pallosa. Ela adora ouvir sobre os festivais, o tempo que passamos com Miguel, ela adora quando falo em espanhol com o balseiro.

Ela quer que eu volte para casa. O assunto vem à tona algumas vezes ao dia, uma pergunta, uma insinuação. Onde Tom está enterrado?, quis saber. Não sei. Ele morreu do quê? Então, esquece o seu nome e se refere àquele homem com que me casei quando era jovem. Uma vez, tendo eu lhe lembrado seu nome, vira-se e olha para mim: "Acho que fez certo em escapar desse buraco, querida."

Fala da bisneta na Irlanda que ela nunca viu. Gostaria de deixar alguma coisa para ela. "Algo valioso, algo que ela apreciaria." Ela era bonita? Disse-lhe que não via Richard desde que ele tinha dez anos, portanto como eu poderia saber alguma coisa sobre a sua filha? "Você se importaria se eu lhe deixasse as minhas jóias? Você poderia ficar com algumas peças, mas a maior parte ficaria com ela. Algumas peças custavam os olhos da cara, você sabe, mesmo na minha época áurea. Era o que os homens davam para as mulheres quando queriam demonstrar a sua estima. Esse rapaz da cidade lhe dá jóias?"

Eu nunca deveria ter concordado em vir. Ela é opressora. Estou acostumada a ficar sozinha a maior parte do tempo. Às vezes, deito-me na toalha, na praia, longe o bastante para fingir que não a ouço, mas ela se põe a gritar para mim. Finjo que estou dormindo. Certa manhã, ela fechou o livro e disse: "É engraçado fazer coisas pela última vez. Hoje de manhã, quando estava no banho, pensei..." "O quê?", perguntei. "Não, bobagem, eu só queria saber se você estava escutando." Tenho de enfrentar mais cinco semanas disso.

Sei que ela quer que eu volte para casa. Qual a idade de Richard agora?, perguntou ela. Pensei um pouco, respondi que achava que quase trinta anos. E qual a idade da menina? Respondi que não sabia direito. Dois ou três anos. E há quanto tempo Tom havia morrido? Eu disse há cinco anos. E você nunca pensa na casa? Respondi que sim, que às vezes penso. Gosto da casa? Sim. A casa é minha? Sim, achava que sim. A fazenda é minha? Eu disse que achava que ela e eu possuíamos uma parcela da terra. Ela me disse que não tinha parcela nenhuma. Tinha partido cinqüenta anos atrás, nunca tinha olhado para trás e não possuía nada. A casa era grande, não era? Lembrava-se a partir de fotos que a casa que meu pai construíra era grande. Você poderia muito bem ter um apartamento lá, seria uma simpática casinha para você. Richard não se importaria e, afinal, você é dona da casa. Eu lhe disse que não tinha certeza de se era a dona da casa.

Você tem de voltar para casa. Ela foi enfática. Escutei-a porque achei que estava falando sério. Eu disse que ficaria em Dublin por enquanto. Por enquanto, por enquanto, repetiu várias vezes. Você não tem dinheiro e tem de procurar onde morar. Faça com que Richard encontre uma casa para você. Seus dedos compridos e ossudos agarravam-se à cadeira. Suponho que o rapaz da cidade não tenha dinheiro. Não respondi. Vai se casar com ele?, perguntou e repetiu a pergunta várias vezes. Não lhe respondi. Você tem de ir para casa, nem que seja só para vê-la. Voltou ao seu livro e eu fui para a água e fiquei lá o máximo que pude.

Da janela, à noite, podemos olhar as pessoas da cidade passeando. Há um café logo à margem da lagoa onde se sentam para olhar os transeuntes. Até mesmo à noite, uma névoa de calor cobre tudo. Estou lendo *The Ambassadors*, que minha mãe acabou de ler. Ela, agora, está dormindo, dormindo profundamente, e só acordará amanhã de manhã. Sou como Chad, continuo sonhadora diante do novo. Sou como Chad que quer a oportunidade de ver mais, de fazer mais. Não quero que tudo acabe. Há mais. Há mais.

Michael, temos de ser bons e generosos um com o outro. Escreverei de novo quando houver mais para dizer. Você sabe que eu gostaria que estivesse aqui. Eu queria que estivéssemos todos aqui.

Todo o meu amor.
Katherine

Em Casa

ESTAREI USANDO UM tailleur *cinza e a primeira coisa que notará em mim serão meus olhos que tendem a se fixar nas coisas, encará-las. O meu cabelo é grisalho.*

Talvez essa parte da carta tivesse sido rude demais; devia ter sido mais delicada, o seu filho estaria nervoso. Era uma tarde fria de fim de outubro: manteve seu casaco de *tweed* em volta dos joelhos. O cobrador apareceu e picotou a sua passagem.

— Chegaremos a Enniscorthy na hora?
— Estamos alguns minutos atrasados, senhora.
— Está frio, não?
— Sim, está, senhora.

Depois de Wicklow, a viagem deixou de interessá-la. Não pôde mais observar a luz metálica no mar. Havia campos, algumas cidades feias e um senso de ordem na região rural, um senso de solo bem calçado. Não abriu o livro que Michael Graves lhe deu para ler: tinha muito em que pensar.

O que ela queria? Dinheiro, isso era certo. Muito dinheiro, toda semana, todo mês, todo ano, independentemente de se lhes conviesse ou não. Possuía pelo menos trezentos ou quatrocentos acres da fazenda. Seria mais fácil se eles oferecessem — mais fácil para eles e para ela. Ela não tinha mencionado dinheiro na carta. Nem havia contado que tinha vivido em Dublin por quase seis anos. Na primeira carta, tinha se apresentado, comunicando que estava na Irlanda e que gostaria de ver Richard. Na segunda carta, tinha aceitado o convite de Richard para que passasse algum tempo lá.

O que mais ela queria? Queria dar uma olhada no seu filho, uma vez, talvez mais. Não sabia nada da sua mulher, nada, nem mesmo o nome. E ainda havia a filha de Richard. Todavia, mais que tudo, queria avaliar o lugar. Queria ficar lá por algum tempo, na casa que seu pai havia construído à margem do rio, a algumas milhas da cidade.

Na saída de Gorey, o trem parou e se retardou um pouco. Ela imaginou Tom na estação, exigente demais para perguntar se o trem atrasaria. Imaginou o seu filho em pé exatamente onde seu pai estaria, com o mesmo ar distante, reservado. Desajeitado. Esperava que Richard tivesse deixado sua mulher e a filha em casa.

Quando o trem sacolejou e começou a se mover, lentamente, em direção a Enniscorthy, se deu conta do quanto temia o que a esperava, como se estivesse em uma sala de espera com a promessa de dor certa. Pensou em Richard, em como ele seria. Ela sequer sabia onde Tom tinha sido enterrado. Só soube de sua morte ao receber uma carta hipócrita do padre local sobre como Tom tivera uma boa vida e como tinha ido para uma melhor.

Sua passagem permitia quatro dias em Enniscorthy; tinha colocado na mala roupas para quatro dias. Dessa vez não tocaria na questão do dinheiro. Não era urgente. Dessa vez faria simplesmente uma visita. Tentaria ser agradável. Na mala, havia um ursinho de pelúcia para a sua neta.

Quando viu o rio, soube que restavam apenas alguns minutos até Enniscorthy. Fechou os olhos aterrorizada. Não devia ter feito isso. Foi um erro. Deveria tê-lo encontrado antes em Dublin. Era pedir demais a eles dois.

O CONDUTOR PEGOU sua mala na prateleira de cima e a pôs na plataforma. Ela tinha visto Richard da janela quando o trem parou. Ele era muito mais moreno e jovem do que imaginara. Ele não foi até ela, ficou esperando, olhando. Ela acenou e ele sorriu com hesitação. Assim que ela ergueu a pequena mala, ele se moveu na sua direção. Deram um aperto de mãos e ele a conduziu à praça, onde o carro estava.

— Qual é o seu carro? Eu estava curiosa.
— É um velho Opel. Deirdre está usando o outro.
— Deirdre — interrompeu ela. — É a sua mulher.
— Não mencionei seu nome na carta? — perguntou ele.
— Como se chama a sua filha?
— Clare — disse ele. — Clare Proctor.

Ele deu partida no carro na Railway Square e avançou devagar na direção do leito do Shannon.

— Tudo parece realmente diferente — disse ela. — Sei que é lugar-comum o que vou dizer, mas está faltando alguma coisa.
— Houve um incêndio aqui, queimou tudo — disse ele.
— Quando? Não me lembro disso.
— Não — disse ele. — Não se lembraria, mas foi um incêndio grande. Causou muito estrago.

Ao atravessarem a ponte, ela viu o castelo lá em cima e as agulhas das igrejas protestante e católica. Quando ele virou para a estrada de Dublin, ela o parou.

— Pode parar? Podemos antes ir a algum lugar? — perguntou ela.
— O que quer dizer com ir a algum lugar? — Ele pareceu confuso.
— Quer dizer, tomar um café e conversar por alguns minutos, ou tomar um drinque.
— Preparamos algo para você em casa.
— Não, quero dizer por apenas alguns minutos. Podemos voltar ao Bennett's Hotel?
— É o que quer?
— Não se incomoda de dar a volta?
— Em absoluto. Só vou dar uma parada para pôr gasolina.

Ele estacionou nos fundos do hotel e entraram.

— Quero gim com tônica — disse ela.

Quando ele se sentou, olhou para ela como se tivesse um discurso pronto.

— Desculpe se pareci dramática. Eu só não queria ir direto para lá — disse Katherine.

— Não sei se devo lhe fazer perguntas ou não — disse ele e baixou os olhos. Ela não tinha pensado que ele fosse tímido.

— Eu também não sei. Mas eu começo. De onde é a sua mulher?

— Oh, ela é da cidade.

— Daqui? De Enniscorthy, quer dizer. Como é o sobrenome dela?

— Murphy — respondeu ele.

— Ela é Murphy...?

— Não — interrompeu-a. — Você não conhece a família. Acho que devo contar que ela é católica.

— Ah, ela é? Não tinha pensado nisso. Sou tão boba. — Calou-se por um minuto. — Então casou-se com uma garota da cidade, uma católica. — Riu.

— Por favor, não ria — disse ele.

— Não, não estou rindo de você, Richard, juro que não estou rindo de você. — Ele ficou em silêncio por um tempo.

— Como devo chamá-la?

— Bem, eu chamo a minha mãe de mãe, apesar de ela ter saído de casa quando eu tinha mais ou menos seis anos. A propósito, ela não está bem.

— Eu sei.

— Achei que não tinha lhe contado.

— Não, nós nos correspondemos com ela.

— Minha mãe escreve para você?

— Sim, recebemos várias cartas longas. Ela escrevia sobre Londres e muito sobre você.

— Minha mãe diz mentiras, sabe disso? — disse ela de repente.

— Isso não é justo — replicou ele.

— Preferia que ela não tivesse escrito sobre mim para você.

Enquanto conversavam, ela reparou que estavam sendo observados atentamente por um homem sentado ao balcão. Dali a pouco ele se aproximou e apertou a mão dela.

— Você é muito bem-vinda de volta. É um prazer vê-la — ele sorriu para ela. Tinha um copo nas mãos. — Posso oferecer-lhes um drinque? — perguntou ele.

— Não — disse ela. — Já estávamos de saída.

— Um só — disse ele.

— Não, não queremos, obrigada. Estamos saindo — disse ela.

— O jovem aceitará um — insistiu o homem.

— Não, obrigado. Estou dirigindo — disse Richard.

— Mas acabou de tomar um. Mais um não lhe fará mal.

— Realmente estávamos só conversando um pouco e já vamos agora — disse Katherine.

— Bem, de qualquer maneira foi ótimo vê-la. Diria que vai notar algumas mudanças em Enniscorthy. E muitas para melhor. — Ele recuou por um momento como se fosse embora. — Bem, você está bem. Vai ficar muito tempo?

— Não, estamos de saída — disse ela.

— Quero dizer se vai ficar na região por muito tempo.

— Temos de ir agora — disse ela e se levantou. — Até mais.

O homem voltou ao balcão e pôs o copo sobre a bancada. Observou-os sair. Ela não fazia idéia de quem ele era.

— Eu me pergunto se minha mãe não escreveu também para ele — disse Katherine quando atravessavam a ponte.

— É inofensivo, não se preocupe com ele.

— O que minha mãe lhe disse?

— Que você se apaixonou por um homem na Espanha e que ele morreu.

— O que mais?

— Que você teve uma filha na Espanha — Interrompeu-se.

— Ouça, não é justo me perguntar o que ela disse.

— Conte-me o que mais ela disse.

— Que você não tem dinheiro.
— Pare o carro.
Tinham ultrapassado Blackstoops e se aproximavam de Scarawalsh. Ele não lhe deu atenção.
— Richard, pare o carro.
— Ouça, a culpa foi minha. Não devia ter-lhe contado nada disso. Eu não sabia nada de você, entende?
— Ela escreveu para você antes de mim?
— Sim.
— Então, estava esperando a minha carta?
— Mais ou menos.
— O que mais ela contou?
— Que o homem na Espanha se matou.
— Não é verdade, é uma mentira.
Agora, via-se o rio. Estava cheio e lamacento.
— Ela não devia ter escrito para você.
— Eu escrevi para ela primeiro.
— Você escreveu para ela?
Ele parou o carro e desligou o motor.
— Sim. Eu não sabia se ela ainda estava viva, mas eu tinha um endereço e lhe escrevi logo depois do Natal. Ela respondeu e, então, pedi que me desse notícias suas, me falasse sobre onde você estava e o que estava fazendo. Entende? Clare está aprendendo a falar e perguntou, já que vê muito os pais de Deirdre. Contei a ela que o meu pai havia morrido e ela entendeu, mas quando lhe disse que a minha mãe estava na Espanha, ela ficou fascinada. Ela falava de você o tempo todo. Achei que você nunca mais entraria em contato conosco e eu queria fazer alguma associação, queria saber alguma coisa. Quando meu pai morreu, não pude entrar em contato com você.
— Ela contou mais alguma coisa?
— Bem, uma porção de coisas. Disse que você tem um amigo.
— Disse o nome dele?
— Sim, disse que ele era daqui. Disse que ele era católico.

— Então, sabe tudo sobre mim.

— Deirdre reconheceu o nome dele, do seu amigo, parte de sua família ainda vive na cidade.

Ligou de novo o carro. Agora estava quase escuro. Acendeu os faróis.

— Quero falar logo com você sobre a minha partida. Não quero que seja algo sobre o que não conseguimos conversar. Refiro-me a tê-lo deixado tantos anos atrás e nunca ter retornado.

— Eu gostaria de saber sobre isso — disse ele.

— Minha mãe não lhe disse por que fui embora?

— Ela disse que você odiava a Irlanda.

— Besteira. É ela que odeia a Irlanda, ou pensa que odeia. Nunca odiei a Irlanda.

— Odiava o meu pai?

— Não, certamente não odiei seu pai.

Quando chegaram a Clohamon, ele atravessou a ponte.

— Por que estamos indo pelo caminho mais longo? — perguntou ela.

— Porque queremos conversar.

— Estou realmente chateada por minha mãe ter dado uma imagem falsa de mim.

Ele não respondeu.

— Como é Deirdre? — perguntou ela.

— Como posso responder? Ela é bonita.

— Ela se incomoda com a minha chegada repentina?

— Está um pouco intrigada, eu acho. Mas certamente não se incomoda.

— Ela gosta da casa?

— Sim, sim, gosta.

— Ela fez muitas modificações?

— Sim, fez. Fez um bocado. A casa estava um tanto maltratada com só dois homens morando nela durante tanto tempo.

— Você se sentia solitário?

— Não, estava tudo bem.

— O seu pai chegou a falar de mim depois que parti? — perguntou ela.

— Falou durante algum tempo. Dizia que você tinha ido embora e que voltaria, mas, então, um dia foi a Dublin e, ao retornar, disse que você nunca mais voltaria, que você tinha partido, e pronto. Acho que o seu nome nunca mais foi mencionado. É claro que nós dois pensávamos em você. E uma vez vi o seu nome no jornal, algo a ver com uma exposição em Dublin, mas meu pai não deu a menor atenção quando eu lhe mostrei. — Olhou para ela. — Estamos quase chegando. Tudo bem se entrarmos direto? Estão nos esperando.

— Vamos.

— ENTRE PELOS FUNDOS — disse Richard ao tirar a mala do carro. A sua mulher e sua filha estavam à mesa da cozinha. O tamanho da cozinha chocou-a e ela recuou por um momento, até a menininha vir correndo na sua direção.

— Fiz um desenho para você. Veja, fiz um desenho para você. — Então, sua nora se aproximou e beijou-a na face.

— É um prazer conhecê-la — disse ela.

Katherine olhou em volta. O fogão continuava no mesmo lugar, mas o espaço tinha duplicado. Enquanto falava com Deirdre, percebeu que a parede divisória entre a cozinha e a copa havia sido demolida.

Deirdre era alta e magra, e seu cabelo cortado curto. Seus olhos eram azuis e a sua boca era pequena.

— Talvez queira subir — disse ela a Katherine.

— Sim, talvez Clare possa me mostrar o caminho. — A criança tinha ficado sentada olhando fixamente para a avó. — Tenho um presente para você.

— Clare, você sabe onde a sua avó vai dormir, não sabe? Por que não a leva até lá agora?

Era tudo acarpetado, os velhos tapetes soltos haviam desaparecido todos. As paredes do *hall* e da escada estavam pintadas de carmim, cheias de quadros de raposas e cães de caça. Ela não teria reconhecido a casa: uma soma considerável devia ter sido gasta na redecoração que, achou, havia sido feita com bom gosto.

— Achamos que você devia estar acostumada com a comida do continente — disse Deirdre quando ela desceu —, daí que pratiquei a minha lasanha durante toda a semana. — Havia uma garrafa de vinho tinto e uma salada na mesa. — A sua mãe disse que passaram dias excelentes em Portugal, no verão. Férias assim fazem bem a todo mundo.

Katherine sorriu.

— Sim, foi o maior auê em torno dela. Ela gosta disso. Mas, no momento, ela não está bem.

Depois do jantar, foram para a sala de estar. Clare deu um beijo de boa-noite em todos e foi para a cama. Abriram outra garrafa de vinho e conversaram sobre Dublin, o tempo, Enniscorthy, vizinhos. A sala estava pintada de amarelo. Plantas enormes em toda parte a faziam parecer menor. Os melhores dos tapetes antigos estavam sobre o chão que havia sido lixado e recebido sinteco. Havia uma televisão em cores no canto da sala. Katherine levou algum tempo para perceber que havia aquecedores além da lareira. Grande parte dos móveis era de vime. Teve a sensação de que a sala havia sido decorada com a ajuda de um livro ou de uma revista feminina.

Nessa noite, ficou na cama durante muito tempo até desligar a luz. Era difícil acreditar que Michael Graves a vira partir no trem a uma hora daquele dia.

NÃO HAVIA FECHADO as cortinas. Despertou para uma torrente de luz. Vestiu o quimono pendurado atrás da porta e sentou-se à janela. A casa continuava sólida e esplêndida. Seu pai costumava dizer que tinha ficado feliz quando a velha casa havia sido destruída pelo fogo — assim pôde construir a casa que sempre quis. A janela do quarto dela dava para o gramado que se estendia até o rio. A casa de barcos ainda estava lá. Talvez fosse um dia bom para pegar o barco e remar um pouco. Ela estava irrequieta, era como estar em um hotel familiar — acabaria tendo de enfrentar com bravura a escadaria e ser simpática.

A sua primeira visita foi Clare, ainda de camisola e carregando seu novo ursinho.

— Mamãe disse que posso chamá-lo de Rupert, se quiser.

— Para mim, está bem, embora achasse que poderia chamá-lo de Pedro.

— Quero chamá-lo de Rupert.

— Então chame-o de Rupert. Todos o chamaremos de Rupert. É melhor se decidir porque ele só responderá a um nome.

— Ursos não falam.

— Não, mas podem entender.

— Você é boba.

— Você é boba.

— Mamãe quer saber se você quer chá ou café.

— Diga a ela que vou me vestir e já desço.

— Por que vai se vestir?

— Porque está na hora de se vestir. Vai dar uma volta comigo hoje?

— Rupert pode ir?

— Tenho de felicitá-la pelo que fez à cozinha — disse ela a Deirdre.

— Achei que precisava de um toque mais moderno — Deirdre olhava em volta enquanto falava. Katherine achou que ela estava nervosa.

— Cozinha muito?

— Ah, sim — replicou Deirdre. — Ia levar o seu café ao quarto.

— Fico mais feliz tomando o café aqui. Já tomou o seu?

— Tomei com Richard, antes de ele sair. Estamos pensando em sair cedo. Ele perguntou se estava bem para você?

— Não, ele não disse nada — replicou Katherine.
— Reservamos lugares para um concerto em Wexford, sabe, começou o festival. Íamos à ópera, mas achamos que você preferiria ver Wexford à tarde, e talvez fazer algumas compras.

Nada estava mais longe da mente de Katherine do que fazer compras, mas se queriam que ela fosse, ela iria. Nesse dia de outubro, tudo o que ela mais queria era caminhar à margem do rio ou pelos campos até a luz cair.

— Talvez não queira. Podemos cancelar as reservas. Não sei qual é o concerto, mas Richard sabe. Faz parte do festival.
— Não, eu adoraria ir. Adoraria ir a Wexford.

Depois do café da manhã, Katherine foi ao *hall* buscar seu casaco, e saiu sozinha, descendo a alameda até a estrada. Tinha chovido durante a noite e a relva estava ensopada. Novas cercas haviam sido erguidas. A casa tinha sido pintada de um tom diferente de amarelo. Ficou contente por ainda ser amarela. Isso sempre fizera parte do plano de seu pai. Uma casa grande, sólida e amarela à margem do rio. Uma luz branca penetrava por entre as árvores e ela pôde observar o sol de outubro entre as nuvens. As valas de cada lado da estrada continuavam cobertas de ervas daninhas, samambaias e grama. Essa vegetação úmida, essas pequenas estradas espalhando-se pela região rural com árvores e valas nas duas margens. Lariço, faia, carvalho, freixo, castanheiro, bétula. Era exatamente como ela se lembrava: tudo molhado, a chuva constante, a grama encharcada.

Desviou da estrada e desceu uma senda que levava ao rio. Estava usando os sapatos errados e logo ficaram molhados e cheios de lama. O rio corria cheio e rápido. Árvores novas haviam sido plantadas do lado oposto de onde os campos ascendiam à estrada de Buncloy. Descendo o rio, podiam-se ver as casas amarelas na campina descampada e as enormes faias ao lado. O céu escurecia — o verde da relva, o rio e as árvores também mudavam, escureciam. Ela caminhou o mais rápido que pôde através da grama molhada à margem do rio para evitar a chuva. Assim que escalou a cerca para entrar no terreno da casa propriamente dito, a chuva caiu. Ouviu-a ricochetear no rio, depois bater na relva, e então alcançá-la. Correu de volta para casa e encontrou Deirdre na cozinha.

— Estamos quase prontos para ir a Wexford. Íamos almoçar no Talbot. Richard acha que talvez você prefira ficar aqui — disse Deirdre.

— Não, não — replicou Katherine —, eu quero ir sim. Pode esperar um pouco para eu me vestir?

INSISTIRAM PARA QUE Katherine se sentasse no banco da frente. Tinham deixado Clare com a empregada. Seguiram pelo rio até Edermine e, então, pela estrada asfaltada até Oylgate. Ficaram em silêncio, a não ser por alguns comentários sobre o tempo — tinha parado de chover. Chegaram a Ferrycarrig.

— Nunca pensou em vir para cá pintar? — perguntou Deirdre.

— Não, é bonito demais para mim, realmente. Nunca pintei lugares bonitos, torres redondas, esse tipo de coisa.

Entravam em Wexford.

— Esta é a única cidade da Irlanda de que realmente gosto — disse Katherine.

— Não gosta de Enniscorthy? — perguntou Deirdre.

— Acho que também, e pelas mesmas razões de Wexford, os edifícios de pedra e as ruas estreitas, mas Enniscorthy não tem o mar como Wexford, embora tenha colinas para compensar. Ainda assim, acho que prefiro Wexford. Gosto dessa água toda.

Richard parou o carro no estacionamento em frente do Talbot Hotel e entraram para almoçar.

— Qual é o concerto? — perguntou Katherine.

— Um quarteto — disse ele. — Pelo que li no *Irish Times* parece bem interpretado. Acho que é Beethoven.

— Richard disse que você gosta de música — disse Deirdre.

— Sim — replicou Katherine.

Caminharam até a avenida principal.
— Está muito agitado, é claro. Sexta-feira é o grande dia das compras — disse Deirdre. Katherine assentiu com a cabeça. A avenida principal estava realmente cheia, todas as lojas tinham ofertas especiais para o Festival de Ópera.
— Gosta de ópera? — perguntou Deirdre.
— Sim — respondeu Katherine. — E você?
— Acho um tanto pesado — replicou Deirdre.
Saíram da avenida principal e subiram a colina em direção ao Theatre Royal. Havia uma multidão na porta ao chegarem.
— Algumas pessoas aqui são de Enniscorthy — disse Deirdre.
— Devem ter descido para passar o dia, como nós.
Ao entrarem, Deirdre começou a cumprimentar as pessoas no *foyer*. Então, levou duas mulheres até Katherine e Richard.
— Esta é a minha sogra. — As duas mulheres olharam para Katherine que as cumprimentou com um aperto de mãos.
— Deve ser ótimo estar em casa — disse uma das mulheres, e as duas a olharam intencionalmente para ver como reagiria.
— Sim, adorável, obrigada — disse Katherine.
— Vamos entrar — virou-se para Richard. Deirdre conversava com as duas mulheres.
— Vamos esperar só um minuto — disse ele.
— Conhece esses quartetos? — perguntou ela.
— Receio não ter muito tempo para a música.
— Achei que você era um fazendeiro fidalgo.
— Sou um fidalgo que levanta da cama às sete horas todas as manhãs.
— Que tipo de trabalho está fazendo agora na fazenda?
— Ainda temos um bom gado leiteiro e cultivamos alguns produtos.
— Dei uma volta hoje de manhã e não vi nenhuma vaca.
— Ficam pelos campos em volta da casa, você não as teria visto hoje de manhã.

— Quando eu administrava a fazenda, elas ficavam por toda parte — disse ela. Sorriu para ele. Sentaram-se.

Deirdre chegou e sentou-se do lado de Katherine.

— Há uma turma grande que veio de Enniscorthy. — Olhou em volta do Theatre Royal. — Deus, é pequeno, não é? Quantos lugares tem?

— Não sei — respondeu Katherine. — Por volta de duzentos ou trezentos?

As luzes diminuíram e o quarteto apareceu. A primeira peça foi brilhante e etérea. O quarteto pareceu bem-humorado ao tocá-la. Era fácil, no teatro pequeno, se concentrar na música. O segundo quarteto era mais sombrio, os violinos retornavam várias vezes a uma série de notas arrepiantes.

— Não acha isso um pouco maçante? — perguntou Deirdre a Katherine no intervalo.

— Não, estou gostando imensamente. O que acha, Richard? — Katherine dirigiu-se a seu filho.

— Gostaria de poder fazer isso toda tarde de sábado. — Richard sorriu.

— Bem, eu estava pensando — disse Deirdre — que se vocês estivessem achando maçante, talvez pudéssemos dar uma volta, para ver as lojas.

— Vamos pegar um pouco de ar fresco, então.

Foram ao *foyer*.

— Gosta de Dublin? — perguntou Deirdre.

— Da cidade em si não. Mas gosto da área em que vivo. No momento me convém.

— Adoro passar o dia em Dublin — disse Deirdre.

Katherine gostaria que ela parasse de falar.

Richard acendeu um cigarro e ficou à porta. Ficou ali até a campainha tocar para a segunda metade do concerto.

— Acho que vou dar uma escapada agora e fazer algumas compras, vocês se importam? — disse Deirdre. — Eu os encontro no Talbot. Ou o que acham do White's.

Richard disse que se encontrariam no White's.

Katherine e Richard voltaram a seus lugares em silêncio. O terceiro quarteto era mais triste, mais compulsivo, mais complexo. Ela podia sentir que Richard respondia à música. Seu pai nunca se interessara pela música clássica. Ao escutar a música, arrependeu-se de não ter contatado Richard quando Tom morreu. Abaixou a cabeça e cobriu o rosto com as mãos.

Teve início um movimento lento. Ela ergueu os olhos para os quatro intérpretes, o palco iluminado. A música era intensa, com um propósito definido. Por um instante, ao mudar de posição, a sua mão roçou a de Richard. Ele pegou-a e a segurou. Ela olhou para ele, mas a expressão dele não se modificou. Ele continuou a escutar a música. Ele segurou a mão dela até o movimento lento se encerrar.

No dia seguinte, Katherine andou por Enniscorthy enquanto Deirdre fazia compras. Enniscorthy lembrava-lhe, em certos aspectos, uma cidade catalã, Llavorsi talvez, ou Poble de Segur, todas as colinas com um rio correndo. Também o frio a fazia lembrar-se de lá, o frio seco e revigorante. Atravessou a ponte e caminhou à margem do rio. Não havia barcos no rio, os homens das cabanas que havia ali quando era jovem haviam desaparecido há muito tempo, mas os armazéns continuavam no extremo da Abbey Square. Tentou achar o velho café no Turret Rocks acima da cidade, mas parecia não existir mais.

Lembrava-se de tudo. Como estava parado e inalterado. Como a estrada que partia da Doherty's Garage para o cemitério estava coberta pelas copas das árvores. As pedras da ponte em Scarawalsh. A Torre em ruínas em Vinegar Hill. Como as luzes eram acesas nas lojas às quatro e meia ou cinco horas em novembro, e aquela sensação de cordialidade atarefada na Market Square em Enniscorthy. A escada de rocha nua atrás do Bennett's Hotel.

Depois do jantar, de volta à casa, adormeceu perto da lareira e foi despertada pela televisão que Richard ligou. Ela foi para o quarto e tentou divisar o rio passando. Era muito cansativo estar em casa.

Na manhã seguinte, não encontrou ninguém pela casa. Finalmente, viu a empregada na cozinha.

— Onde estão Deirdre e Clare?

— Ah, foram à missa na cidade, senhora — disse a mulher.

— Foram de carro com o sr. Proctor.

— Richard também foi?

— Sim, senhora, ele também foi à missa na cidade.

— Quer dizer que foi trabalhar.

— Não, senhora, ele foi à missa. Sempre vão à missa juntos, todos os três — disse a mulher.

— Entendo — disse Katherine —, obrigada.

Voltou a subir. Richard ia à missa, isso era novidade; ninguém lhe havia contado. Não devia ter deixado Richard sozinho quando Tom morreu; devia ter retornado antes. Ficou surpresa com o fato dela se irritar por ele ir à missa. Não sabia que ainda tinha preconceitos desse tipo. Ele tinha abandonado completamente a Igreja da Irlanda?

Desceu novamente à cozinha e esperou a volta deles. Reparou no livro de orações na mão de Deirdre quando atravessou a porta. A criança também segurava um livro de orações, mas Richard não.

— Os meus pais estão chegando para o almoço de domingo. Estão ansiosos por conhecê-la — disse Deirdre.

Katherine esperou até Richard sair da sala e subir, e seguiu-o até o seu quarto.

— Eu não sabia que você havia se tornado católico — disse ela a Richard quando ele estava do lado da porta.

— Sim, devia ter-lhe dito.

— Por quê? — perguntou ela. — Por que fez isso? — Sabia que se mostrava irritada.

— Não quero falar sobre isso agora — disse ele.

— Por que não?

— Você parece hostil.

— Não sou hostil, estou perplexa — disse ela —, ou talvez hostil.

Ele deu um suspiro.

— Importa-se se eu não almoçar? Deirdre disse que seus pais estão vindo e simplesmente não estou disposta a conhecê-los. Não conseguiria suportar isso, aquela conversa toda. Parecem falar de nada.

— Você não conhece os pais dela.

— Espero que não se importe se eu não almoçar com vocês, é tudo que tenho a dizer.

Ele estava olhando fixamente para algo atrás dela e, ao se virar, viu que era Deirdre.

— Não está se sentindo bem? — perguntou Deirdre.

— Só não estou a fim de estar com gente. Desculpe — disse Katherine.

— Gostaria de jantar em seu quarto? — perguntou Deirdre.

— Sim, se isso não for problema.

— É só que os meus pais estão querendo muito conhecê-la.

— Diga-lhes que lamento muito, realmente.

ELA PARTIRIA LOGO de manhã e nunca mais voltaria. Dinheiro continuava a ser um problema, mas teria de ser conseguido de alguma outra maneira. Ela não voltaria. Seria o seu último dia nesse quarto. Chovia torrencialmente. A empregada trouxe uma bandeja com rosbife, legumes e um copo de vinho.

O céu brilhava no começo de tarde. Katherine pensou se não poderia sair furtivamente sem ninguém ver. Pôs uma capa que achou no guarda-roupa e as galochas que Deirdre lhe dera, e desceu a escada. Nenhum som. Ao chegar à porta da frente, escutou uma voz atrás de uma porta à direita. Escapou para o pórtico e fechou a porta atrás de si.

Deu a volta para os fundos da casa, e seguiu para o rio. A chuva tinha quase parado, mas ainda havia nuvens densas no céu. Fez uma pausa para escutar: um leve murmúrio da água. Era estranho como as margens do rio eram planas, e ainda assim como nunca parecia transbordar. Caminhou pela margem até onde pôde. A chuva insistiu quando ela voltava e observava a noite cair sobre os campos, a escuridão vindo de Mount Leinster; tentou afastar tudo o mais de sua mente e concentrar-se no que podia ver.

Quando se aproximou da casa, divisou algumas figuras em pé na varanda da frente; estavam esperando por ela e a tinham visto. Moveu-se na direção deles e viu que eram Richard, Deirdre e Clare, com mais duas pessoas que presumiu serem os pais de Deirdre.

— Como vai? Sou a mãe de Deirdre. Ouvi muito sobre você. É realmente um grande prazer conhecê-la. — A mulher sorriu para Katherine. — Este é o meu marido — prosseguiu ela, apontando para o homem que havia ido para o carro. — Lamentamos que não estivesse se sentindo bem. Eu ia subir e ver se estava precisando de alguma coisa, mas Deirdre disse que talvez fosse melhor deixá-la sozinha, não foi, Dee? — Olhou para a filha. — Não é fantástica a maneira como o tempo mudou? — disse ela.

— Fez um bom passeio? Também íamos dar uma volta, mas achamos que estava um pouco molhado. Talvez você já tenha se acostumado e fique por um tempo. Aqui não é bonito?

— Vou embora amanhã, na verdade. — Katherine olhou para Richard, mas a sua cabeça estava baixa.

— Não é uma bonita casa? — continuou a mulher. — Costumávamos olhá-la da estrada quando passávamos de carro e a admirávamos, e hoje, cá estávamos nós almoçando. Não é incrível como as coisas acontecem?

— Sim, é verdade — disse Katherine. — É melhor eu entrar e tirar essas galochas. Foi um prazer conhecê-los.

Ela estava sentada em uma poltrona do lado da janela do quarto quando Clare apareceu na porta.

— Você é mesmo a minha avó da Espanha?

— Sim, sou.

— Você é muito mais jovem do que a outra minha avó.

— Sim, é verdade — disse Katherine —, algumas avós são mais jovens que outras.

— E você conhece a minha bisavó de Londres, ela é a sua mãe?

— Sim, ela é.

— Vamos vê-la em Londres.

— Vão?

Deirdre entrou no quarto.

— Estava procurando Clare. Agora, venha comigo, Clare, não fique incomodando a sua avó.

— Ela não está me incomodando — disse Katherine.

— De qualquer maneira, está na hora de ela ir para a cama.

Richard estava lendo um dos jornais de domingo. Vários abajures estavam acesos na sala de estar e uma acha queimava na lareira.

— Como esta casa ficou confortável — disse Katherine. — Está vivendo muito bem, não? Diga-me, ama Deirdre?

Ele ergueu os olhos e encarou-a por um momento.

— Não é uma pergunta que quero responder. Mas sim, sim, a amo. E não quero problemas em relação a isso, não quero mesmo.

— Acha que eu criaria problemas?

— Não a conheço.

— Eles vêm aqui com freqüência, os pais dela?

— Não vou falar sobre eles.

— De qualquer maneira, parecem muito cordiais — disse Katherine.

— Sim, são simpáticos.

— A mãe não pára de falar, não é?

Richard dobrou o jornal.
— Pode me servir um drinque? — perguntou Katherine.
— Do que gostaria?
— De qualquer coisa.
— Como?
— Gim e tônica.
Ele foi à cozinha e voltou com o drinque. Deirdre desceu depois de colocar Clare na cama.
— Deirdre — disse Richard —, importa-se de conversarmos um pouco a sós? — Deirdre saiu. Ele permaneceu com o cotovelo apoiado no console da lareira, mas então deu um suspiro e sentou-se em frente a Katherine.
— O que quer me dizer? — perguntou ela.
— O seguinte. Você vai ficar na Irlanda por algum tempo. Está com pouco dinheiro. Não, não me interrompa, a sua mãe me disse que está sem dinheiro. Está infeliz, de certa forma, e queremos conhecê-la um pouco e ajudá-la se pudermos. Há uma coisa que deve saber para que isso aconteça. Já deve ter adivinhado, mas vou dizê-la de qualquer jeito. Até os meus dez anos vivi com duas pessoas que mal se falavam e mal falavam com outras pessoas, que não tinham amigos. Dos meus dez aos meus treze anos, e a partir daí, nas férias, tive um pai que mal falava e que não tinha nenhum amigo. Quando voltei para a fazenda, foi para uma noite após outra de silêncio, de isolamento. O meu pai morreu de isolamento e solidão, e não gostei de assistir a isso. E não gosto das salas frias em que fui criado. Odeio tudo na maneira como fui criado. Gosto desta casa agora, gosto da minha mulher, da minha filha, e da família da minha mulher. Poderia, por favor, não fazer escárnio disso? — Encarou-a. Ele parecia prestes às lágrimas.
— Não sei se lembra do que aconteceu aqui. Quando a casa foi destruída pelo fogo. Essas pessoas, a gente do sindicato local...
Ele interrompeu-a.

— Lembro-me de outras coisas que aconteceram aqui — disse ele. — Você me abandonou. Lembro-me de como me senti. Portanto, como se atreve a falar das minhas relações desse jeito? Você não tem nenhum direito. As pessoas que incendiaram esta casa já morreram há muito tempo.

— De qualquer maneira, vou embora de manhã — disse ela. — Qual é o horário do trem?

— Não sei — disse ele e foi à televisão para ligá-la.

— Pode descobrir para mim? — Ela elevou a voz.

— Parte às oito e vinte — disse ele, e voltou a sentar-se. — Eu a levarei à estação.

— Ótimo. Pode me acordar de manhã. Estarei pronta.

— Não quer sentar-se um pouco conosco?

— E fazer o quê? — perguntou ela.

— Conversar, talvez — disse ele e riu para si mesmo.

— Vou para a cama, Richard. Eu o verei de manhã.

DE MANHÃ, ELA acordou para uma luz cinza quando amanhecia. Vestiu-se e caminhou até o rio para olhar a névoa da manhã cedinho sobre o Slaney. Era como se tivesse se lembrado, sempre. Quando voltou a entrar em casa pela cozinha, Richard estava lá.

— Desculpe — disse ela. — Não quis assustá-lo.

— Achei que era um fantasma — disse ele.

— Eu sou. É o que sou, um fantasma.

— Eu ia preparar o café da manhã antes de acordá-la.

— Deve dizer a Deirdre que lamento — disse ela.

— Direi, direi isso a ela.

— Escreverei para ela, talvez eu proponha que nos encontremos em Dublin.

— Tenho certeza de que ela vai adorar encontrá-la em Dublin.

— Pode dizer-lhe isso, por favor?

— Sim. Prometo que lhe direi.

— E vou pensar no que você me disse.

— Desculpe, eu não devia ter falado assim.
— Não, Richard. Estou contente por ter falado. Como consideramos pouco os outros.
Levou-a à cidade pela estrada menor. Não havia trânsito.
— Como tudo isso é maravilhoso — disse ela. — As árvores da forca.
— Está feliz por ter vindo?
— Sim, estou. Desculpe. É tão difícil.
Seguiram pela Rectory Road e viraram para a estação.
— Chegamos cedo — disse ele. — Vamos esperar no carro.
— Não, não. Por favor, deixe-me aqui. Quero ficar sozinha — insistiu ela e fez menção de sair.
— Bem, entro com você rapidinho.
Entraram na estação onde algumas pessoas já aguardavam.
— Tenho de falar com você sobre dinheiro — disse ele.
— Na próxima vez — replicou ela.
— Por que não agora?
— Porque não nos conhecemos o suficiente. Na próxima vez que nos encontrarmos falaremos disso.
— Estou com um pouco para lhe dar agora.
— Não me dê agora.
— Quando a veremos de novo?
— Eu escrevo. Vá agora, eu o verei em breve. Dê o meu amor a Deirdre e Clare.

ELE DEIXOU-A ALI na luz cinza da manhã para observar o presbitério lá no alto da colina; agora, ele pagava suas dívidas aos padres que ali viviam. Se o pai de Katherine algum dia tivesse imaginado isso! A luz cinza e fria da manhã em Enniscorthy, o Slaney correndo suavemente em direção a Wexford e ao mar, o trem de Dublin passando o rio e o Ringwood, e Davi's Mill e, então, sob o túnel da Model School até atravessar a ponte e chegar à estação em que ela estava esperando.

O Mar

O MAR. O LUSCO-FUSCO sobre o mar. Toda manhã, Michael Graves deixava Katherine e caminhava até Blackwater para comprar o que precisassem comer e um jornal. Katherine ficara muito tempo sem pintar. Às vezes, os comentários de Michael a irritavam, mas ela não prestava atenção. Mar, céu, terra. Conexões. O porto de Barcelona; o mar em Sitges no lusco-fusco da madrugada; os baixios enlameados de Faro em um dia luminoso, todo cintilações trêmulas e fulgor. E então, também isso. A luz cinza opaca do mar cinza chumbo, em Ballyconnigar. Cada cor uma variação sutil da outra: creme, prata, azul-claro, verde-claro, cinza escuro.

Michael construiu-lhe um pára-brisa. Nada era firme nessa luz. No começo, ela trabalhou com aquarelas sobre pequenas folhas de papel, usando o lápis para traçar as linhas. Era difícil pintar como as ondas se separavam do céu, era difícil não defini-las excessivamente.

— Quando eu era jovem, passava todo verão em uma cabana. — Michael mostrou-lhe a pequenina cabana de madeira que seu pai tinha alugado. — Foi neste ponto, exatamente aqui — apontou para o chão e a fez olhar. — No primeiro domingo do verão de 1947, eu soube que teria problemas. Eu tive certeza de que estava acabado. — Buscou novamente os olhos dela para se certificar de que ela tinha entendido. — Passei dois anos no sanatório. Tive sorte em não morrer. Os melhores morreram. Morriam três ou quatro em uma família.

Naquele verão, Michael falou um bocado sobre o passado em Enniscorthy. De vidas das quais ela nada sabia, apesar de ter vivido a apenas algumas milhas: a pobreza, o desespero, a emigração. Algumas tardes, Michael encontrava-se com amigos do tempo da escola em Blackwater e só retornava de madrugada. Havia somente um quarto na cabana, e a cama era pequena; ela não gostava do cheiro de álcool de quando ele chegava tarde, mas, por outro lado, ficava feliz em continuar seu trabalho e deixá-lo com Blackwater e seus amigos.

Ela pediu que ele ajudasse a esticar uma tela, tão grande que teria de deixá-la do lado de fora à noite, coberta por um plástico. Ele disse que era ambicioso demais, disse-lhe para ir com calma, mas ela insistiu. Ela começaria com a luz cinzenta de Wexford em um dia nublado de julho, com um certo calor amarelo-claro. E trabalharia de memória com a tela escorada do lado da cabana. Faria tudo desaparecer gradualmente, construiria as cores cuidadosamente, de modo a haver uma textura: o mar, um bruxuleio vago de luz baça.

Ele levantaria no começo da tarde e sairia com a camisa desabotoada e olharia o que ela estava fazendo. Ele lhe diria que ela estava trabalhando em uma escala grande demais. Um dia, ela virou-se para ele e disse:

— Podemos alugar este lugar por mais um mês?

Ele estava indo ao povoado e disse que tentaria.

— Pode reservar uma hora inteira comigo? — Ele sorriu largo para ela. Ficou ali como se esperando por ela. — Estou sem dinheiro — prosseguiu repentinamente.

— Pensei que tivesse recebido da galeria — disse ela.

— Gastei tudo.

— Não se preocupe. Acho que posso lhe dar algum. Mas vai me prometer uma coisa? Por favor?

— O quê? O que quer que eu faça?
— Quero que pare de dizer que estou trabalhando em uma escala grande demais. Eu sei que estou trabalhando em uma escala grande demais.
— Então, quer que eu seja o homem que simplesmente ajuda a esticar as telas. — Fez menção de se afastar.
— Michael, aonde você vai?
— Vou ao povoado.
— Tem de ir? O que vai fazer lá?
— Ah, vou me encontrar com alguém que conheço.
— Quer que eu vá com você?
— Não.
— Não quer que eu vá? Por que não posso ir?
Ele não respondeu, ela perguntou de novo.
— Podemos esbarrar com as pessoas — disse ele.
— E o que tem isso?
— Pense um pouco.
— Não quer que me vejam?
— Eles vieram com as esposas. Isto é a Irlanda. É o país.
— E eu não sou sua esposa.
— Todos eles sabem que está aqui e quem é.
— Então por que não podemos tomar um drinque juntos?
— Por que eles não ficariam à vontade. São pessoas comuns, com quem cresci.
— Acho que quer dizer que *você* não ficará à vontade.
Ela se abraçou como se sentisse frio. Fez-se silêncio entre eles por algum tempo.
— Precisa de algum dinheiro? — perguntou ela.
— Sim, dona.
— E eu estou precisando de alguns drinques, e já que não quer que eu beba com os seus amigos, vou beber sozinha.
— Vai aonde?
— Ao povoado.

— Quando?

— Quando eu quiser, mais tarde.

— Vamos agora, então — disse ele.

— Por que não caminhamos até Curracloe? — disse ela. — Darei um mergulho no caminho.

— Está muito frio para cair na água — replicou ele.

— Podemos tomar o chá no hotel.

— É uma longa caminhada.

— É ainda mais longa quando você está sóbrio — disse ela.

— Por que não vai a Blackwater? — perguntou ele.

— Você não quer que eu vá.

— Podemos ir ao Mrs. Davi's, nunca tem ninguém lá.

— Michael tem a filha do patrão, mas a guarda na cabana — começou a cantar como se fosse uma cantiga de criança. Ele olhou para ela e riu.

— Vamos a Curracloe — disse ele.

Ela pôs o maiô e uma toalha em uma sacola de crochê e pediu que ele a ajudasse a cobrir a tela com o plástico. Apesar de ainda ser o começo da tarde, uma cerração descera sobre o mar e o apito sinalizador de neblina ressoava.

— O farol de Tuskar será logo aceso e ficará assim até de manhã — disse ele. — O tempo vai ficar bom. Haverá uma onda de calor.

— Tem certeza?

— Tenho, mas só vai durar alguns dias. Em 1959, durou o verão todo. Naquele verão, pintei a colina lá no alto, atrás da cabana, várias vezes, e vendi todas.

— Você também pintava aqui?

— Também?

— Como eu.

— De qualquer jeito, eram tão boas quanto.

— Eu nunca soube que você pintou aqui — tentou que ele falasse sério.

— Lembro-me do primeiro quadro, quando a costa estava distante quase uma milha. Era reduzida aos poucos, a cada inverno. Naquela colina acima de Keating's, havia um posto de observação. Era fantástico sentar-se nessa colina com um livro.

— Tem família por aqui?

— Não, por aqui não. Em Enniscorthy. Eu a apresentarei, assim que quiser se casar comigo.

— Vou nadar — disse ela. — Vai ter de vir atrás de mim se quiser se casar comigo.

Ela vestiu o maiô. Michael sentou-se na areia com as mãos em volta dos joelhos e contemplou o mar. Ele parecia velho e melancólico. Quando ela entrou na água, achou-a mais fria do que esperava. Ficou por algum tempo tiritando no mar frio.

— Michael, está gelado — gritou para ele.

— Só um protestante nadaria num dia como este.

— Me olhe, Michael, veja. Um, dois, três. — Primeiro o choque, depois o prazer ao deitar de costas e bater os pés com força na água gelada.

Quando saiu da água, ele tinha a toalha pronta para ela.

— Você não é a brava guerreira, é?

— É delicioso quando se está dentro da água. Gostaria que um dia entrasse comigo.

— Faz trinta anos desde a última vez em que entrei no mar. — Seguiram o caminho, passando por Flaherty's Gap e Ballyvaloo.

— Eu poderia ter ficado aqui a minha vida inteira — disse ele. — Poderia ter ficado aqui o tempo todo — interrompeu-se e olhou para o mar. Aproximavam-se de Ballineskar.

Alguma coisa descontraiu-se nele; começou a contar sobre o sanatório de Brownswood, sobre Enniscorthy, sobre Ballyconnigar, sobre como, quando ficaram mais velhos, costumavam alugar um apartamento, alguns deles, seu irmão, amigos, colegas professores. Os outros iam e vinham, mas ele ficava os dois meses inteiros.

— Li de tudo lá em cima. Dickens, Shakespeare, George Eliot, Herman Melville. Subia a colina e me deitava ao sol, e, à noite, ficávamos à toa, conversando ou jogando cartas. Na época, ninguém bebia.

— Costumávamos conversar sobre o último dia de verão, quando teríamos de arrumar as nossas coisas e voltar à cidade. Nesse dia, íamos todos nadar, e ficávamos na água o máximo de tempo possível. Na primeira vez que tossi sangue fui direto dar uma nadada. Direto para o mar. Sabia que estava morrendo. Nunca vou esquecer. Devo ter ficado na água por uma hora, achando que realmente seria o último dia. Tentei me concentrar, de modo a nunca esquecê-lo.

De repente, quando estavam perto de Curracloe, as luzes do farol se acenderam.

— Havia outro farol lá — disse ele. — O Blackwater Lightship, que piscava com uma luz mais fraca. Eu os pintava no crepúsculo.

— Eu adoraria ver algumas dessas pinturas.

— Nunca mais pintarei aqui.

Ele estava mal-humorado, mas ela deixou-o prosseguir, como tantas vezes ele a tinha escutado.

— Alguns vinham me visitar de bicicleta no sanatório de Brownswood. Pareciam sempre tão condenados, como se eles é que estivessem doentes e moribundos, e não eu. Eu ficava perturbado o resto do dia, depois que iam embora. Eu costumava sair para dar uma volta, às vezes as enfermeiras permitiam que eu fosse ao cume da colina, e assim podia ver Ringwood e o rio. Foi assim que comecei a pintar. Nessa época, eu estava piorando. Um dia, o meu irmão perguntou se eu queria alguma coisa e eu disse que queria tintas e um bloco.

"Desse modo, todos eles se reuniram, mais ou menos dez deles, o meu irmão e alguns amigos, e me compraram um bocado de tinta a óleo, pincéis e cavalete. Foi como um presente de despedida, e foi a única vez que chorei. Alguns naquela ala ainda morreram, apesar de a estreptomicina se tornar acessível logo depois. Muitos não acreditavam na cura. — Sentou-se e tirou os sapatos para sacudir a areia.

Quando subiam a colina na direção do hotel, começou a chuviscar. O bar estava vazio, exceto por um casal com os filhos. Ela deu-lhe dinheiro para comprar gim e tônica; ele pediu um *pint* de Guinness.

— Lembro-me de como você estava doente quando o conheci em Barcelona. A sua pele era amarela.

Ele não respondeu.

— Voltar a Ballyconnigar o perturba? — perguntou ela.

— Não sei. Acho que se você não estivesse aqui eu nunca teria voltado.

— Lamenta realmente ter deixado a Irlanda?

— Não, não lamento. Só estava sendo sentimental em relação a como teria sido se eu não tivesse partido. Eu a odiava. Eu odiava ter de enfrentar dar aulas toda a manhã. — Falava devagar, como se lhe fosse difícil encontrar as palavras certas.

— Você deu aulas por quanto tempo?

— Comecei em 1940, e continuei até me internar no sanatório.

— Casei-me em 1940 — disse ela.

— Em Enniscorthy?

— Não, Tom quis que fosse na Catedral de Fern por algum motivo de que não me lembro.

— Nunca se arrependeu de tê-lo deixado?

— Não.

— Visita a sua família com freqüência?

— Sim, visito. Richard e Deirdre disseram que vão arrumar um dos anexos para mim. Ficará isolado, afastado deles. Você poderá ir e passar algum tempo. Estão construindo um estúdio. Passarei bastante tempo com eles.

— Eles devem gostar de você.

— O meu filho gosta de mim.

— Você gosta do seu filho?
— Sim — ela riu —, sim, não achei que gostaria, mas gosto.
— Ele é como você?
— Não, ele é exatamente como o pai.

Conversaram o resto da tarde, até a hora do chá. De vez em quando, ela achava que a mente dele vagava — estava de novo pensando, remoendo o passado. Ele quis sentar-se perto da janela para poder ver o farol. Lá fora, a garoa continuava.

— Sabe de uma coisa? — disse ele. — Sempre achei que a diferença social entre nós era a razão de não se casar comigo.
— Diferença social?

Ela estava perplexa com a importância que ele parecia estar dando a isso.

— Sim, de onde vem e de onde venho.
— Achei que eram outras coisas que impediam — disse ela.
— O que, por exemplo? — perguntou ele.
— Eu estar com Miguel quando o conheci. Nunca me recuperei do que aconteceu, você sabe disso. A propósito, considerações sociais não fazem a menor diferença para mim.
— Acho que fazem diferença para tudo que você faz e diz.
— Não fazem nenhuma diferença para a minha relação com você.
— Acho que fazem.
— Como, diga-me como.
— Acho que nunca se casaria com um católico.
— Isso é loucura. É papo de maluco. Vamos.

Ele disse que queria outro drinque.

— Você fica desagradável quando bebe.
— Quero outro drinque. E você tem o dinheiro.
— Se está bebendo, eu vou beber — disse ela.

Na hora de fechar, Michael pediu uma garrafa de uísque ao garçom e algumas Guinness. Katherine quis procurar um carro, mas era tarde demais, e não havia nenhum.

Quando chegaram ao charco, ao pé da colina de Curracloe, os dois estavam molhados.

— Como vamos encontrar o caminho ao longo da costa? — perguntou Katherine assim que sentiu a areia sob os pés.

— Tuskar, a luz de Tuskar — respondeu Michael.

— Por que não voltamos e passamos a noite no hotel?

— A caminhada a Ballyconnigar nos fará bem. Vamos, provavelmente o hotel já está fechado para reservas.

— Levará horas.

— Faremos em uma hora se andarmos rápido.

Deram-se os braços e tentaram andar rápido. Gotas de água escorriam pela nuca de Katherine. Algumas vezes se pegaram na beira do mar.

— Quanto já caminhamos? – perguntou ela.

— Acho que estamos perto de Ballyvaloo — disse ele.

— É metade do caminho?

Ele parou na garoa, na beira do mar, e abraçou-a. A sua respiração ressoou como se estivesse soluçando. Ela escutou. De início ela não conseguiu entender o que ele dizia. Depois, ele falou de novo.

— Não me deixe na miséria, me garante que não?

Ela pegou a sua mão e a segurou com força, como se estivesse tentando machucá-lo.

— Não, não deixarei. Prometo que não.

Prosseguiram em silêncio.

— Quando acordarmos — disse Michael —, será um belo dia de céu azul.

— Estamos perto, não estamos? — perguntou ela.

— Só mais um pouco. Não vai demorar.

O Slaney

ERA UMA MANHÃ DE domingo de dezembro. Katherine desceu, de seu quarto de teto baixo, a escada em espiral para a sala de estar no térreo. Nos fundos do anexo convertido ficava o ateliê, de onde podia ver meia milha de extensão do rio. O trabalho do mês anterior espalhava-se pelo estúdio, escorado nas paredes.

Apesar dos estudos que havia feito, e apesar de sua intensa concentração dia após dia, pintando desde a manhã cedinho e prosseguindo entardecer adentro, apesar de seu envolvimento exaustivo no trabalho, continuava insegura, continuava sentindo que parte da obra era abstrata demais.

Entre o anexo e o ateliê, havia uma antiga construção onde ela guardara pinturas e esboços de mais de trinta anos atrás. Para relaxar por uma ou duas horas, ela trabalhava pinturas que haviam sido deixadas pela metade ao longo dos anos em Dublin, nos Pirineus e em Barcelona. Mas sabia que acabaria tendo de encarar a obra atual.

ELA QUERIA UMA exposição que não fosse uma coleção de sucatas, trabalho feito juntando pedacinhos de coisas. Haviam se passado dez anos desde a sua exposição anterior. Havia mostrado trabalho da Espanha na Dawson Gallery; havia sido incluída na Living Art em Dublin; ainda tinha todas as aquarelas e óleos de Ballyconnigar. Estava disposta a expor essas aquarelas e mandar emoldurá-las, mas os óleos, acreditava ela, precisariam de anos para serem concluídos.

O Slaney ao norte de Enniscorthy e sul de Bunclody. Essa era a terra que os ingleses haviam tomado e cultivado. Haviam derrubado as árvores, dado novos nomes às coisas, como se fossem os primeiros a ocupá-la. No começo, ela tentou pintar a terra como se não tivesse história, somente cores e contornos. Teria a luz mudado assim como seus donos haviam mudado? Qual seria a importância disso? Ao alvorecer e ao escurecer, ela caminhava à beira do rio. De manhã, havia uma névoa ao longo do Slaney, palpável, cinza, prolongada. Ao entardecer, às quatro, quando a luz começava a cair, uma calma intensa descia sobre o rio, uma quietude azul-escuro como se estivesse se movendo de Wicklow para o mar, até mesmo os sons se emudeciam, algumas gralhas nas árvores, gado ao longe e o ruído lânguido da água.

PÔS-SE A TRABALHAR; começou a pintar como se estivesse tentando apreender a paisagem retrocedendo na história, como se o horizonte fosse um tempo além de um lugar. Queda da noite sobre o Slaney. Repetidamente. O escurecer no Slaney e a sensação do escurecer que vem e vai em um único local em um único país, a hora em que foi pintado representando todos os tempos, com todas as ambigüidades do tempo.

Ao longe, os rebeldes jazem em sangue.

Ao longe, ninguém ainda esteve lá.

Ao longe, um carro se move.

Ao longe, o sanatório de Brownswood, em Enniscorthy.

Ao longe, o Castelo de Enniscorthy se acachapa no cume de uma colina.

Ao longe, a luz e a noite caindo, as nuvens se movendo, as Blackstairs Mountains acima de Bunclody, Mount Leinster, a lua cheia se levantando.

Trabalhava com freqüência no fim do passeio à margem do Slaney, perto de Enniscorthy. Olhava o rio lá embaixo. Havia planejado vinte e quatro pinturas e pedido a Michael Graves que a ajudasse a esticar o mesmo número de telas, todas do mesmo tamanho: um metro e oitenta de altura por um e vinte de largura. Poderia diagramar cada uma, primeiro no papel com pastel e, depois, em telas menores. Quando chegou a hora da pintura em escala grande ela trabalhou no estúdio, sob iluminação artificial. Esperou anoitecer e trabalhou no ateliê.

Deixou claro para Richard e Deirdre que a visitassem sempre que quisessem. Anos antes, Michael Graves lhe contara a história do homem de Porlock que havia perturbado Coleridge quando o poeta estava escrevendo Kubla Khan em um frenesi de êxtase e concentração. Virou uma piada. Clare se tornou a menina de Porlock e Richard, o homem de Porlock. Clare chegava da escola e conversava por mais ou menos uma ou duas horas, ou davam uma volta, ou ia com ela de carro a Enniscorthy. Também pintava alguma coisa ou brincava no estúdio.

Richard a visitava na hora do almoço. Katherine havia levado um aparelho de som para o ateliê, mas nunca escutava música quando estava trabalhando. Tocava um pouco para Richard todos os dias. Assim que ele chegava, punha um disco e dizia para ele adivinhar qual era. Ele pegou o hábito de se deitar no chão vestido com a roupa do trabalho, os olhos fechados, sem falar nada, escutando a música. À noite, se a luz estivesse acesa, ele iria até lá por uma meia hora para conversar. Deirdre não aparecia, a menos que recebesse um convite ou tivesse um pretexto.

— Você tem sido tão boa comigo, desde que cheguei — disse Katherine a ela certo dia. — Eu realmente agradeço o que tem feito.

— Era o mínimo que podíamos fazer — disse Deirdre.

— Não — Katherine insistiu. — Estou falando de *você*, o quanto tem feito e como tem sido boa.

— Mas eu não fiz nada — disse Deirdre.
— Fez, este estúdio e o anexo foram obra sua.
— Ah, gostei de fazer isso — disse Deirdre.
— E também o que talvez seja o mais importante: a maneira como nunca impediu nada de acontecer. Outra pessoa teria interferido, você sabe.
Deirdre não respondeu.
— Fico feliz por ter-se casado com Richard. E digo isso sinceramente.
— É muita gentileza sua. — Deirdre olhou diretamente para ela.

Antes de morrer, a sua velha mãe quis ver Richard e Deirdre, e eles foram a Londres. A mãe dela também tinha a mesma opinião de Katherine — Richard tinha sorte de estar casado com Deirdre, mais sorte que seu pai ou seu avô haviam tido com suas esposas. Sua mãe estava morta há um ano. Tinha deixado as jóias para Clare, como havia prometido, e nada mais.

Havia dias em que Katherine não tinha idéia do que fazer. Dias em que a pintura não adiantava, quando ela sabia que não havia razão para ir ao ateliê à noite para desenvolver as idéias em que trabalhara durante o dia. Ela tinha de aprender a se deixar relaxar, a ficar calma. Tinha de continuar olhando, observando o rio, concentrar-se só nisso. Algumas vezes tarde da noite, saía de seu apartamento no anexo e ia para o estúdio, acendia todas as luzes — então, tirava tudo que tinha feito, todos os planos, anotações, esboços e as telas grandes, e olhava, andava pelo estúdio. Não se ouvia nenhum som.

Tentava esvaziar a mente, não deixar nada penetrá-la além do que estava vendo na sua frente. Nenhuma idéia, nenhuma recordação, nenhum pensamento. Somente o que estava à sua volta.

Três ou quatro vezes como essa a fenda se abriu. Havia um caminho. Qualquer marca na tela seria um caminho. Uma pincelada ao acaso, sem nenhum significado, apontando para o nada. Uma cor, uma forma. Não podia haver dúvidas. Assim, na madrugada, as pinturas se concretizavam.

O vale em vermelho e marrom, não como se fosse outono e o vermelho e o marrom fossem as cores das árvores, mas como se fosse o inverno em vermelho e marrom. Anoitecer no Slaney, no inverno, em vermelho e marrom. O rio de pequenos lagos e correntes.

O vale como se pintado de baixo, como num mapa. A curva do Slaney, sinuosa através da pintura e todas as cores para recriar a água, o céu na água e o leito do rio abaixo. E, então, a terra em volta, a maneira como tinha sido cultivada, o solo lavrado. E a casa que seu pai construiu durante os "Troubles". E por toda a parte o sol derramando luz sobre o mundo.

A Estrada para Dublin

NA ESTRADA PARA DUBLIN. Abril. Michael Graves acende um cigarro e passa para Katherine.
— Por que não aprende a dirigir?
— Estou velho demais.
— Você é obstinado demais.
— Sou obstinado demais.
— Às vezes fico cansada de dirigir. Minhas costas doem.
— Você é obstinada demais. — Ele riu.
— Estou velha demais — disse ela —, é por isso que as minhas costas doem. Estamos os dois velhos demais. Por isso queria que você dirigisse.
— Gostaria de tornar a ser uma donzela — cantou ele —, mas nunca mais serei uma donzela novamente, não até cerejas brotarem em uma trepadeira.

Há duas semanas as telas haviam sido entregues na galeria, em Dublin. Dezesseis das telas grandes estavam prontas e emolduradas. Essas pinturas ocupariam as duas salas do andar de cima da galeria. Embaixo, poderiam pendurar algumas das aquarelas de Ballyconnigar: as imagens pequenas e modestas da areia, mar e céu, suavizadas, quase sem cor. Não faziam nenhuma declaração, não tentavam nada novo, não podiam desagradar ninguém. Eram competentes; tinham naturalidade.

O outro trabalho era maior e mais arriscado. Suas chances de sucesso eram pequenas. Não o tinha visto emoldurado e pendurado na galeria. Tinha deixado para outros fazerem a disposição de sua obra.

— Estou nervosa — disse ela. — Lembra-se de como Miguel era? Sinto-me igual. Na semana anterior a uma exposição, Miguel sempre me fazia pensar em um cachorro procurando um lugar onde esconder um osso, mesmo que só tivesse um quadro na exposição. Não conseguia ficar quieto. Você nunca foi assim.

— Eu nunca coloquei tanto de mim mesmo num quadro, como você e Miguel. Eu só me preocupava com o que venderia — disse ele.

— Eu coloquei tanto nessas pinturas que nem sei se restou alguma coisa para mim. Eu me exauri. Talvez devesse ter poupado alguma coisa.

Gorey, Arklow. Agora, o céu estava completamente claro. Durante semanas não tinha havido nada a fazer. Recordações peculiares fluindo lentamente e Miguel de volta à sua mente, oprimindo-a, às vezes quase falando com ela. Um dia, falou com Richard sobre isso, e depois que o assunto foi revelado, comentaram-no várias vezes. Às vezes, se tivessem conversado na hora do almoço e ele tivesse de interromper e ir embora, voltava à noite com perguntas. Queria saber quando tinha acontecido, aconteceu antes ou depois disso, em que ano foi, quais os resultados e conseqüências de várias ações? Katherine expôs seus sentimentos, contou o que aconteceu, aonde tinham ido, o que tinham feito, o que Miguel tinha dito, como ele se parecia, anedotas, eventos desconectados, dias. Depois, ele queria que ela preenchesse a narrativa, que acrescentasse o sentimento, a cor. Você o amava?, perguntava. Ou como se sentiu quando aconteceu? Ou o que pensou na época? E essas eram as perguntas difíceis.

— Vai ser um dia fantástico. Logo estará nadando — disse Michael Graves. Passavam por Rathnew.

— Hoje, não — replicou ela. — Estou com medo de olhar as telas. Não tenho medo do *vernissage*. Será suportável. Haverá gente com quem terei de conversar. A galeria estará cheia. Não conhecerei ninguém, o que será ainda melhor. E haverá aquele vinho todo. Não, é de ver as telas que tenho medo.

— Beba alguma coisa antes — disse ele.

— Não sei. Talvez seja pior.

Newtown Mount Kennedy. Bray. Richard e Deirdre percorreriam a mesma estrada mais tarde, para o *vernissage*. Nunca tinham ido a nenhum antes. Ela ficou feliz quando disseram que não se demorariam; não queria ser responsável por mais ninguém. Já tinha de cuidar de si mesma e de Michael.

— O que quer fazer? — perguntou ela.

— Refere-se a hoje?

— Sim.

— O que você quiser.

— Quero que vá comigo à galeria agora.

— Está bem.

— Quero que almoce comigo.

— Está bem.

— Depois, vou para casa e nos encontraremos mais tarde na galeria. Tenho de tomar banho e me vestir.

Ela estacionou na Nassau Street e dobraram a esquina para a galeria. Era quase hora do almoço, as ruas começavam a ficar cheias. Ela entrou na galeria da Dawson Street sentindo que esperava novidades: como elas seriam? Foi tranquilo no térreo, como sabia que seria, olhar as aquarelas.

— Não vai ter problemas para vendê-las. Eu mesmo, se tivesse dinheiro, comprava uma — disse Michael.

A sala da frente da Taylor Gallery mostrava seis das telas grandes. O que a surpreendeu ao vê-las de novo foi a espessura da tinta, quanto trabalho cada pintura encerrava, quantas decisões tinha tomado, trabalhando repetidamente cada nova mudança na tela, de uma maneira que seria impossível repetir. E algumas pinceladas haviam sido deixadas sem nenhuma elaboração.

As telas dominavam a sala; todas eram do mesmo tamanho e retratavam praticamente a mesma paisagem. Mas as cores eram diferentes; em cada tela, uma disposição de espírito e uma forma próprias, a sensação de um rio correndo por uma terra bem cultivada, a sensação de horizontes similares que ilustravam o mesmo lugar.

O efeito na sala dos fundos foi ainda mais forte.

— O que você acha? — perguntou a Michael.

— Acho que são boas — disse ele e sorriu.

— Vamos embora antes que nos vejam — disse ela.

Desceram a Nassau Street em direção a Lincoln Place.

— NÃO OS VEMOS JÁ faz muito tempo — disse a garçonete quando entraram no Bernardo's.

— Tem uma mesa, não? — perguntou Katherine.

A garçonete apontou para a mesa contra a parede e se sentaram.

— Aqui estamos de novo — disse Michael. — O que vamos pedir?

A garçonete aproximou-se e Katherine fez o pedido.

Depois de comerem, tomaram licor e café. Caminharam de volta ao carro.

— Vejo você mais tarde — disse ela.

Ela dirigiu passando pelo cais até Blackhall Place e virou na direção de casa.

O SILÊNCIO NA CASA. Impressionou-a, ao fechar a porta, que houvesse silêncio na casa. Encostou-se na porta e escutou. Isso era o que havia conquistado: a apreciação das sutilezas do silêncio, uma alegria serena toda vez que atravessava a porta, sabendo que haveria silêncio. Subiu e se despiu no quarto dos fundos, e pôs a camisola e os chinelos. Tinha tempo para ficar à toa na tarde, tomar um banho, escutar um disco, pensar. Pegou um pouco de suco de laranja na geladeira. Deitou-se no sofá com uma almofada sob a cabeça.

    Devia ter sido em março que chegaram a Llavorsi. Já no começo da tarde o ar era gélido e penetrante, como nenhum outro ar que respirara antes, e o riacho estava cheio com o gelo recém-derretido. Tinha parecido um local no extremo do mundo, depois de sete horas de castigo no ônibus que partira de Barcelona, sempre subindo, curvas nas primeiras elevações dos Pirineus. Era meio-dia quando atingiram o cume após uma hora de uma subida ainda mais íngreme, e ela tinha visto o vale lá embaixo pela primeira vez, fértil como uma terra prometida.

    Nesse dia, teve medo de tocar em Miguel, de falar com ele. Houve muita tensão entre eles durante a viagem, o que a fez pensar no ar em Barcelona quando se tornava púrpura antes de uma tempestade: uma tensão feroz enquanto se esperava a chuva. Fez com que pensasse em viajar, no primeiro dia em um lugar estranho, andando pelas ruas de Londres, Paris, Barcelona.

    Fez com que pensasse nas manhãs em Barcelona quando não dormira, ou dormira por duas horas e tudo que queria era um pequeno contato físico antes de cair num sono leve diurno.

    Sua mente pôs-se a vagar para o tempo antes do nascimento de Richard, para logo depois que se casou, e era verão, um desses dias alegres, quentes, de verão em Enniscorthy. Não sabia por que, mas não dormira e era cedo, talvez dez ou dez e meia da manhã. Atravessou os campos procurando Tom; no começo, sua busca foi casual, quase indiferente, mas quando não conseguiu encontrá-lo, foi ficando mais preocupada e quase desvairada. Naquele dia, sentia-se o cheiro da relva quente, e passados todos esses anos ainda podia sentir esse cheiro. Ao encontrá-lo, não conseguiu explicar-se. Chamou-o no portão onde estava com alguns empregados.

— Quero falar com você.
— Agora?
— Venha para casa comigo. Quero falar com você.
— Tem muita coisa para fazer aqui. Agora não.
— Tem de vir agora. Tem de vir agora. Tem de vir — implorou ela.

Ele perguntou o que era, mas ela insistiu que ele fosse com ela e, então, diria.

— Vamos lá para cima — disse ela.
— O que é? — perguntou ele e sorriu, confuso.

Ela foi até ele; quase não conseguia respirar.

— É meio-dia — disse ele.
— Quero fazer amor — disse ela.

Ele afastou-se e começou a desabotoar a camisa. A alvura de suas costas nuas era ressaltada pelo vermelho de seus braços e pescoço. Ela já estava quase nua atrás dele. Ela pôs os próprios braços sobre os seus seios e os segurou. O silêncio entre eles só era rompido por sua respiração; quando ficou nu, permaneceu imóvel por um instante e ela se aproximou e pôs os braços em volta dele. Depois de um momento ela pegou sua mão e o puxou para a cama. Ele parecia mais pesado, mais roliço à luz da manhã. Quando ela pegou seu pênis e o segurou, ele arfou por um segundo e suas mãos apertaram-se nas costas dela, como se o estivesse machucando. Ele deitou-se em cima e deteve-a quando tentou pôr seu pênis dentro dela. Ficou deitado em cima dela sem penetrá-la e beijou-a lentamente na boca. Ela percebeu uma ansiedade nele, uma espécie de fadiga, mas havia alguma coisa que o forçava a prosseguir. Ela manteve a mão entre as próprias pernas, se massageando com os dedos, fazendo o que ele nunca faria para ela. Depois de algum tempo, ele a penetrou e passou as mãos sobre seus seios, enquanto empurrava para dentro e para fora. Ela manteve uma mão em si mesma e a outra no pescoço dele. Quando ele começou a ejacular, ouviu-o respirar mais rápido e se lamuriar por um momento como se estivesse com dor. O orgasmo dela aconteceu depois do dele, e ela se pôs a gritar como se estivesse tendo um ataque.

— Não faça barulho — disse ele. — Não faça barulho.

Ele vestiu-se em silêncio como se fosse de manhã cedo e não quisesse acordá-la. Ela não ergueu os olhos quando ele a tocou no ombro por um momento, antes de sair do quarto. Deixou-a cair em um sono demorado e satisfeito. Porém, durante dias, evitou ficar no quarto quando ela estava lá, e, à noite, ficava do seu lado da cama; parecia ter medo dela.

AGORA, SOBRE O console em sua casa em Dublin estava pendurado *A rede*, o quadro que ela tinha comprado de Ramon Rogent quase trinta anos atrás. Seu velho professor; guardara o quadro para se lembrar dele e de seu estúdio em Puertaferrisa. O quadro conservava um poder que ela não observara por muitos anos, como ele tinha traçado o urdimento da rede usando todas as cores sob o sol: amarelo, rosa, vermelho, preto, branco. E o estampado colorido e intricado do vestido da mulher e a colina atrás. Mas governando tudo estava a luz inflexível de Majorca, mais inflexível que qualquer outra coisa na Catalunha, a alma retirada de cada cor e o corpo morto, enrijecido, reluzindo como granito.

Ramon estava morto; e Tom; e Miguel. E esse era um dia comum entre os dias que lhe haviam sido dados durante o tempo em que estaria viva, um dia em que todos eles viveriam com ela, velhos fantasmas.

CHAMOU UM TÁXI por telefone para levá-la à galeria depois que tomou banho e se vestiu. Dublin estava em silêncio; o cais estava deserto.

John Taylor, que administrava a galeria, apresentou-a ao homem que faria o discurso, o homem do Arts Council. Era muito mais jovem do que ela tinha imaginado.

— Veio de Enniscorthy hoje de manhã? — perguntou ele.

— Sim, viemos de carro.

— Vem muito a Dublin?

— Moro em Dublin — disse ela e percebeu que a atenção do homem parecia ter-se fixado em alguém que acabara de entrar. Ela pediu licença e foi para a sala dos fundos, ao encontro de Michael Graves.

— Conhece alguma dessas pessoas? — perguntou ela.

— Não — sussurrou ele.

— Vamos beber alguma coisa, depois voltamos — disse ela.

— Não pode fazer isso.

— Posso. Sinto que vou ficar enjoada.

— Você está bem? — Ele ficou do seu lado e ajudou-a a se manter em pé e a encostar-se na parede.

— Acho que estou bem. — Pôs as mãos no rosto. — Eu me sinto horrível — disse ela. — Desce — falou ela. — Veja se Richard e Deirdre estão aqui.

Quando ele se foi, ela ficou ali, apoiada na parede. Ouvia o sangue retumbar em sua cabeça.

Um homem veio em sua direção e apertou a sua mão.

— É um prazer conhecê-la — disse ele. Ela sorriu. Várias pessoas se viraram para olhar para ela enquanto se movia pela galeria, que agora estava cheia, indo aonde Michael estava com Richard e Deirdre. John Taylor levou-lhe uma cadeira e um copo de água.

O homem do Arts Council foi apresentado e começou a discursar.

— Como ele se chama? — sussurrou Deirdre para ela.

— Não sei. Acho que é irlandês — disse Katherine. — Um nome irlandês.

Ele falou durante algum tempo sobre a Irlanda e a Espanha, encerrou discorrendo sobre a sua perícia e talento. Ela abordou-o ao terminar e lhe agradeceu.

Michael apresentou-a a um crítico de um dos jornais de domingo que queria conhecê-la.

— Conhece todas essas pessoas? — Seu tom foi mais brusco do que pretendera.

— Sim, acho que sim — replicou ele.

— Quem são? O que fazem?

— Não os convidou?

— Não, a galeria convidou. Não fiz nenhuma objeção. Só queria que você me dissesse quem são.

— Alguns são pintores, alguns são compradores, outros freqüentam assiduamente *vernissages*. Gostam de *vernissages*.

— Não é interessante? — disse Katherine e olhou para Michael.

FORAM COM RICHARD E DEIRDRE ao Royal Hibernian Hotel, tomaram um drinque e se despediram na escadaria. Michael disse que queria ir ao *pub* Larry Tobin's, na Duke Street.

— Vou ser uma milionária? — perguntou Katherine a John Taylor, quando se sentaram no *pub*.

— As aquarelas saíram rápido — disse ele.

— E as pinturas não?

— Não ainda, de qualquer jeito.

Juntaram-se a eles várias pessoas que ela tinha conhecido antes, com Michael. Conversaram sobre a exposição.

Por volta das dez horas, ela quis ir embora, mas a conversa continuou girando em torno dela; chegaram mais pessoas e outras foram embora; toda vez que ela queria ir embora, aparecia mais conhaque na sua frente.

— Michael, agora eu vou mesmo. Não posso continuar bebendo.

— Não, espere um pouco.

— Eu não comi.

— Vou buscar um sanduíche para você. — Ele foi ao balcão e voltou com um sanduíche de presunto e um pouco de mostarda.

— Quero ir para casa cedo. Tenho de ir mesmo.

Estavam juntos lá fora, na rua.

— Vou andar para o lado de Green com você. Vou pegar um táxi.

— Quer comer?

— Não, quero ir para casa. Me ligue amanhã. Estou exausta.

— Odeio ir para casa sozinho — disse ele.

— Eu o verei de manhã.

— A sua exposição foi muito boa.

Ela deu um suspiro.

— Mas agora passou, não? Tenho de trabalhar mais.

Entrou num táxi e baixou a janela.

— Por que não vem de manhã e tomamos o café juntos?

Ele sorriu e se afastou.

No fim da Grafton Street, ela mandou o táxi parar. Deu-lhe duas libras, pediu desculpas e disse que preferia caminhar. Era uma noite agradável. Havia grupos de pessoas em Westmoreland Street indo a uma discoteca. Ela caminhou ao longo da margem do rio e atravessou na Halfpenny Bridge. À noite, no rio, quando não havia carros, o único som era o bater da corda contra os paus das bandeiras. Algumas campainhas de alarme ressoavam no cais e a sirene de uma ambulância era ouvida ao fundo. Ela olhou para a água, a água negra, para a outra margem do rio, para Adam and Eve's em frente a Four Courts. Agora, Michael Graves devia estar pondo a chave na porta de seu apartamento na Hatch Street, enfrentando mais uma noite.

Virou em Blackhall Place e passou pela Incorporated Law Society em direção a Manor Street. Subiu a Aughrim Street. As nuvens atravessavam rapidamente a lua cheia. A lua cheia brilhando sobre Phoenix Park.

Quando ela chegou ao final da Carnew Street, hesitou ao ver uma figura sentada nos degraus da entrada. Parou por um momento, se perguntando se deveria chamar um vizinho até perceber quem era.

— Achei que era um fantasma — sorriu ela. — O que está fazendo aqui?

Michael Graves levantou-se.

— Onde você estava? Achei que teria de passar a noite sentado aqui. Vim de táxi.

— Vim a pé, mas não esperava vê-lo. Estava pensando em você.

Ela abriu a porta e acendeu a luz na sala da frente.

— Schubert — disse ele.

— Que Schubert?

— Há um que você sempre toca.

— Espere. Primeiro vou preparar uma bebida. O que quer? Uísque, conhaque, gim, Harp?

— Vamos tomar gim e tônica, com muito gelo.

— O fogo está preparado, pode acendê-lo.

Quando Katherine voltou à sala com um copo comprido de gim para cada um, Michael havia corrido as cortinas e acendido um abajur. Estava olhando para o quadro de Ramon Rogent sobre a lareira.

— É perfeito — disse ela.

Ele sentou-se numa poltrona e ela num banco do lado dele, e olharam o fogo.

— Este gim é estupendo. — Ele retiniu o gelo no copo. — Adoraria ir para a cama com uma mulher cheirando a gim — disse ele.

— Antes era alho. Quando o conheci, queria uma mulher com gosto de alho.

— É a idade. Agora quero gim. É isso o que a idade está fazendo comigo. — Ele olhou fixamente o fogo por um momento, depois se virou e olhou de novo para ela.

Este livro foi composto na tipologia Elegant
Garamond em corpo 11/14 e impresso em papel
Chamois Fine 80g/m² no Sistema Cameron
da Divisão Gráfica da Distribuidora Record.

Seja um Leitor Preferencial Record
e receba informações sobre nossos lançamentos.
Escreva para
RP Record
Caixa Postal 23.052
Rio de Janeiro, RJ – CEP 20922-970
dando seu nome e endereço
e tenha acesso a nossas ofertas especiais.

Válido somente no Brasil.

Ou visite a nossa *home page*:
http://www.record.com.br